AF582977

Flocons de chocolat

De

Magali Santos

Label romance de la société Explora, 149 avenue du Maine, 75014 Paris

ISBN : 9782492659560
Dépôt légal : janvier 2022
Maquette : Blanche Maze
Réalisation de la couverture : Amandine Peter

Chapitre 1

Audrey

Il est 9 h 57, soit trois minutes avant mon entretien. Cela fait maintenant un quart d'heure que je gigote sur ma chaise, range mon bureau, ajuste la caméra et vérifie que je n'ai rien sur le visage, pas de mèche qui s'échappe de ma queue-de-cheval. Nous sommes en plein mois de novembre, la pluie frappe de plus en plus fort contre la fenêtre de ma chambre, ce qui me rend encore plus nerveuse. Le poste auquel je postule est celui dont j'ai toujours rêvé : responsable des achats dans une entreprise de chocolat et de confiseries à la montagne. J'ai envoyé ma candidature aux quatre coins de la France, mais cette offre est de loin celle qui m'intéresse le plus. Je me triture les mains, mes jambes s'agitent impatiemment. Je fixe mon écran encore quelques instants, puis je reçois un appel vidéo. Une jeune femme souriante à la crinière bouclée me salue aussitôt :

— Bonjour, Audrey. Je suis Inès, cogérante de La Maison Gabriel. Vous allez bien ?

— Bonjour. Très bien, merci. Et vous ?

— Ça va, merci. Alors, ne perdons pas de temps et allons droit au but. Nous tenons à vous remercier pour votre candidature. Dans un premier temps, je préfère vous laisser vous présenter rapidement.

J'acquiesce et me racle la gorge discrètement :

— Merci à vous de m'accorder cet entretien. Eh bien, pour commencer, je suis née à Lyon et j'y habite depuis toujours. J'ai eu la chance de faire toutes mes études ici. Aujourd'hui, je suis diplômée d'un master de gestion de production, logistique et achats. J'ai réalisé plusieurs stages. Ainsi, j'ai occupé principalement des postes d'assistante de production dans les secteurs de l'alimentaire et du vestimentaire.

— Pourquoi vous intéressez-vous à notre société en particulier ? me demande la cogérante.

— Je suis à la recherche d'un emploi, mais également de nouveaux défis. Le secteur de l'alimentaire me plaît énormément, j'ai déjà travaillé dans le service achats d'une confiserie. Cette expérience m'a captivée, j'en garde un très bon souvenir. Lorsque j'ai vu votre annonce, j'ai tout de suite postulé.

Inès acquiesce puis semble prendre mon CV entre les mains. Elle pince les lèvres, fronce les sourcils avant de me fixer de nouveau.

— Vous savez, notre chocolaterie artisanale n'est pas encore ouverte. C'est un pari risqué pour une jeune femme comme vous. Nous recherchons une personne capable de négocier la qualité, les prix, les délais de livraison et les conditions de paiement de toutes nos matières premières. La Maison Gabriel regroupe notre boulangerie « Sucre d'orge » et notre atelier « Chocolaterie-Confiserie de Savoie ». Je gère déjà les fournisseurs pour la boulangerie, ainsi que la gestion et l'administratif. L'objectif de ce poste est de déléguer à un acheteur la responsabilité totale des matières premières pour l'atelier que nous allons inaugurer, mais également pour la boulangerie.

— Je comprends, vous souhaitez vous concentrer sur le financier et l'administratif.

— Tout à fait, sourit-elle. Mon fiancé, Gabriel, a ce projet en tête depuis des années. Il a commencé par ouvrir sa boulangerie il y a un peu plus d'un an maintenant. L'atelier Chocolaterie-Confiserie de Savoie sera dédié à ses créations, afin de les commercialiser dans notre boulangerie, mais aussi à travers toute la France. Nous souhaitons nous implanter au niveau national en fournissant dans un premier temps des boulangeries, des salons de thé et *coffee-shops*, mais l'objectif dans quelques années sera d'ouvrir nos propres boutiques. Cela ne sera pas simple au début, le marché est très concurrentiel et nous proposerons des produits haut de gamme. Nous devons ainsi nous entourer d'une équipe prête à s'engager à cent pour cent. Pour cette fonction, la fiche de poste n'est pour le moment pas clairement définie. Tout est à construire, les limites sont à fixer. Pensez-vous en être capable ?

— J'en suis certaine, sinon je n'aurais pas postulé. C'est un emploi de rêve, pouvoir tout mettre en place, ajuster, trouver les meilleurs fournisseurs, négocier. Ce contact humain et cette mission sont si importants dans une entreprise. C'est tout ce que j'aspire à faire. Je suis rigoureuse, organisée, j'ai le sens de la communication et des affaires. Le monde des achats ne me fait pas peur, au contraire.

Inès soupire et semble chercher ses mots.

— Je…, commence-t-elle. En fait… Pour être honnête avec vous, je préférerais quelqu'un avec beaucoup d'expérience sur des postes similaires. Je crains que vous ne soyez perdue au début et j'ai besoin d'une personne à mes côtés qui saura gérer les provisions dès le lancement de l'atelier. Nous n'avons pas le droit à l'erreur.

Mon pouls s'emballe, car je vois mes chances s'envoler petit à petit. Il me faut ce poste !

— Je peux vous assurer que je maîtrise parfaitement tout ce qui a trait aux achats d'une boulangerie ou d'une chocolaterie artisanale. J'ai assisté des entreprises de toutes tailles, comme vous pouvez le constater sur mon CV. N'hésitez pas à appeler mes anciens managers. Je sais exactement ce dont vous avez besoin pour démarrer sur le podium.

Inès reste silencieuse quelques instants, puis hausse les épaules en esquissant un sourire forcé.

— Je vais devoir en parler avec mon fiancé. Nous vous tiendrons au courant.

— Très bien, prenez votre temps.

— Une dernière question : avez-vous déjà vécu à la montagne ? Êtes-vous prête à quitter la ville de Lyon pour un village tel que La Rosière ? Nous avons du mal à avoir du réseau par moment. En hiver, nous sommes souvent isolés du monde à cause des tempêtes de neige et, le soir, il n'y a qu'un bar ouvert en dehors de la haute saison.

J'ai le droit à un dernier argument, aussi, je ne perds pas le nord :

— Madame, si je peux me permettre : je n'attends que ça. Quitter Lyon pour vivre dans la nature, loin de toute cette agitation. Je suis jeune, célibataire et fraîchement diplômée avec déjà pas mal d'expérience. Je serai un atout à vos côtés, je vous le promets.

* * *

Quelques jours plus tard, je reçois un mail de la part d'Inès me proposant un nouvel entretien le lendemain, toujours à distance. Le *big boss*, un certain Gabriel d'après ce que j'ai compris, veut sûrement discuter avec moi et prendre une décision. Ou bien, la cogérante va m'annoncer qu'ils ont choisi quelqu'un d'autre… J'angoisse jusqu'à l'heure du rendez-vous et liste mes derniers arguments dans un coin de ma tête afin de les convaincre de me laisser une chance. Tous mes autres entretiens se sont bien déroulés et j'ai même une proposition d'embauche à quelques minutes de chez moi. Mais je veux quitter Lyon. Je veux commencer une nouvelle vie, plus rien ne me retient ici.

— Bonjour ! me salue joyeusement Inès lorsque je réponds à son appel vidéo.

— Bonjour, Audrey. Je suis Gabriel.

Elle est accompagnée de son compagnon. Je croise les doigts pour que ce soit une bonne nouvelle.

— Bonjour.

Ma voix s'éraille lorsque je leur réponds, ce qui les fait sourire.

— Si je vous ai demandé un deuxième entretien, c'est tout simplement parce que j'avais envie que Gabriel vous rencontre. Du moins, virtuellement.

— Inès m'a expliqué votre parcours et elle ne veut pas prendre de décision toute seule. Cet atelier est un rêve auquel je songe depuis des années, je souhaite savoir si vous avez déjà négocié auprès de fournisseurs pour une boulangerie ou une confiserie.

J'acquiesce et me remémore les derniers arguments que

j'ai préparés :

— Oui, tout à fait. J'ai travaillé pour le pôle boulangerie et pâtisserie d'une chaîne de grande distribution, mais également dans une petite confiserie dans la banlieue lyonnaise. Je suis consciente que les prestataires seront différents et, d'après ce que j'ai compris, comme vous voulez proposer des produits haut de gamme, je suppose que votre objectif sera d'œuvrer avec des fournisseurs locaux.

Gabriel semble étonné et intrigué.

— C'est exact. Continuez.

— Dans ce cas, je saurais, par exemple, dénicher le producteur de margarine ou d'huile le plus proche, tout comme négocier un bon tarif avec les apiculteurs du coin pour le miel, ou encore discuter avec les fermiers pour nous dénicher le meilleur lait des montagnes et des œufs provenant de poules élevées en plein air de Savoie. Vos valeurs sont exactement ce que je recherche. La mission d'un acheteur est une des plus importantes dans la chaîne de production. Si les matières premières ne sont pas à la hauteur, le produit final ne le sera pas, même avec le plus grand chef pâtissier ou chocolatier du monde.

Je reprends mon souffle et me rends compte que je tremble de la tête aux pieds. Inès et Gabriel réfléchissent.

— Souhaitez-vous que je vienne faire un essai ? Cela ne me dérange pas de faire le déplacement, je veux vous montrer de quoi je suis capable.

Le couple échange un regard.

— Ce ne sera pas nécessaire.

Je retiens ma respiration, l'entretien est fini, je n'ai plus les cartes en main.

— Le job est à vous, conclut Gabriel. Quand pouvez-vous commencer ?

Je sursaute et m'exclame :

— C'est vrai ?!

Inès et Gabriel sourient et acquiescent.

— Venez le plus vite possible, me demande la cogérante. Nous avons beaucoup de travail avec les fêtes de fin d'année qui approchent. Votre arrivée sera un véritable atout en cette période. Je vous fais parvenir un premier contrat par mail, nous en discuterons plus en détail avant de le signer, ne vous inquiétez pas.

— C'est génial ! Merci ! Je vous tiens au courant, j'ai quelques petites choses à régler avant de quitter Lyon. Je pense que tout sera bouclé d'ici début décembre.

— C'est normal, acquiesce Gabriel. Inès pourra également vous envoyer des offres d'appartements en location dans le village susceptibles de vous intéresser. Nous avons quelques connaissances, mais il n'y a pas grand-chose de disponible à l'année. La plupart des propriétaires préfèrent louer à des touristes à la semaine.

— C'est gentil, je m'adapterai sans problème.

Nous discutons encore quelques minutes puis, lorsque je raccroche, je redescends sur terre. J'ai un emploi. En Savoie. Je vais enfin quitter Lyon ! Une nouvelle vie commence et je suis certaine que je ne regretterai pas mon choix.

Chapitre 2

Audrey

Mon logement lyonnais étant loué meublé, cela facilite mon déménagement. Ainsi, après avoir vendu quelques vêtements et donné le reste dont je souhaite me séparer, je constate que mes affaires tiennent dans deux grosses valises. Je ne suis pas matérialiste, mais mon cœur se serre à cet instant. Pendant quinze jours, j'ai vécu dans un tourbillon de tâches à accomplir avant de partir, je n'ai pas réalisé qu'une page se tourne. Je me sens une vraie petite femme d'affaires. Nouvel emploi, nouvelle région, nouvelle vie. Lorsque je rends les clés au propriétaire, je monte dans un taxi sans me retourner. Je prends une profonde inspiration et souris de toutes mes dents. On y est !

Nous sommes jeudi 1er décembre, mon train quitte la gare de Lyon-Part-Dieu un peu après 10 heures. Je change de TER à Chambéry - Challes-les-Eaux et, plus nous avançons, plus nous nous approchons des majestueuses montagnes qui m'attendent au loin. Puis, vers 14 heures, le train s'engouffre dans la magnifique vallée où se situe la gare de Bourg-Saint-Maurice. Lorsque je pose un pied sur le quai, je suis surprise par la bouffée d'air frais qui me frigorifie. Je ne suis clairement pas assez couverte ! Il doit faire − 20 °C ! Je prends le temps de serrer mon écharpe et regrette de ne pas avoir sorti mon bonnet. Je lève ensuite les yeux afin d'observer mon nouvel environnement. Le soleil, niché derrière un gros nuage gris, éclaire timidement les montagnes complètement enneigées. Je vois au même moment un tableau d'affichage qui indique l'heure, la date et qu'il fait en fin de compte… 0 °C ? Mon Dieu ! Il doit y avoir une erreur, je suis gelée ! Je me retiens de rire et comprends que je vais devoir rapidement repenser ma garde-robe, car les températures risquent de descendre bien plus bas. La gare est plutôt calme en ce début d'après-midi. Lorsque je me dirige vers l'extrémité du quai en tirant mes deux bagages, je reconnais aussitôt Inès. Elle me fait un petit geste de la main, j'acquiesce maladroitement en haussant les épaules, ce qui la fait sourire.

— Bienvenue, Audrey. Donne-moi une valise.

Elle s'empresse de m'aider en riant et je réponds, presque essoufflée :

— Merci.

— On se tutoie à présent ! Tu as fait bon voyage ?

— Oui, impeccable. Mais j'ai l'impression d'avoir changé de planète ! Il fait 0 °C, pourtant j'ai mille fois plus froid qu'un 0 °C à Lyon !

Ma future patronne s'esclaffe cette fois-ci, avant de m'expliquer :

— Plus tu montes en altitude, plus l'air est sec, donc le ressenti est différent. Tu finiras par t'y habituer, mais effectivement, tu vas devoir ranger tes petites Converse au placard la moitié de l'année !

Inès fixe mes pieds et je rougis.

— Ne t'inquiète pas. Je vivais à Paris avant, et je suis espagnole. J'ignorais tout de la montagne !

C'est à mon tour de m'esclaffer ! Je suis soulagée : j'étais angoissée à l'idée de la rencontrer, mais finalement, tout se fait naturellement. Elle est jeune, belle et attachante. Je m'empresse de suivre Inès jusqu'à sa voiture. Notre discussion continue comme si nous nous connaissions depuis des années.

— Cela ne te dérange pas de venir t'installer ici, dans un monde isolé et inconnu ? Ta famille ne va pas te manquer ?

— Je vis seule depuis mes dix-huit ans. Fille unique, mes parents ont décidé qu'à ma majorité, je ne devais plus être un fardeau et qu'il était temps que je sois indépendante. Ils sont partis vivre en Bretagne et m'ont gentiment fait comprendre que ce n'était pas une bonne idée de les suivre.

— Ils t'ont mise à la rue ? s'horrifie Inès.

— On peut dire ça. J'ai trouvé un studio et un job étudiant à l'époque, puis j'ai privilégié par la suite les études en alternance, d'où mes nombreuses expériences. Je vois rarement mes parents et, de toute façon, dès qu'ils sont en congé, ils en profitent pour s'offrir des vacances exotiques aux quatre coins de la Terre.

— Je suis vraiment désolée.

— Oh, ne t'inquiète pas, on s'y fait. Depuis six ans maintenant, je ne compte que sur moi-même.

Je souris sincèrement pour lui faire comprendre que tout va bien. La vie est ainsi, remplie de défis à relever qui ne me font plus peur. Je suis arrivée ici parce que je le mérite. Personne ne pourra dire le contraire.

Inès m'avait envoyé deux annonces d'appartements disponibles dans le village de La Rosière, ce qui a facilité mes recherches. Je découvre à présent qu'elle a elle-même récupéré les clés auprès du propriétaire que j'ai contacté, un ami de ses futurs beaux-parents.

— Le trousseau est dans la boîte à gants, j'ai le contrat de location aussi à te faire signer.

— C'est vraiment très gentil à toi, Inès. Merci.

— Oh, ce n'est rien. Tu ne connais personne ici pour l'instant, donc on a voulu t'aider à t'installer. L'appartement que tu as choisi est dans le centre du village. Ce sont uniquement des rues piétonnes, ce qui est très charmant et typique des stations, tu verras.

Quelques minutes plus tard, après avoir suivi une route en lacet au milieu d'une forêt enneigée, Inès se gare dans ce que je devine être le parking de la localité.

— À partir d'ici, on marche ! Bienvenue à La Rosière !

Je sors du véhicule en évitant les plaques de verglas et nous nous dirigeons vers le village. Effectivement, je tombe aussitôt sous le charme. Inès m'explique que nous sommes à 1850 mètres d'altitude, dans le domaine skiable franco-italien, l'Espace San Bernardo. Les constructions en pierre et en bois, aux toitures d'ardoise, sont un réel dépaysement. Je remarque des restaurants locaux aux spécialités savoyardes, mais également italiennes, ainsi qu'une épicerie, des boutiques de souvenirs ou encore de location de matériel. Les décorations de Noël et les guirlandes lumineuses ressortent parfaitement au milieu de tant de neige.

— Nous sommes arrivées.

Nous nous arrêtons devant un grand chalet de deux étages.

— Ton appartement est au premier, je te laisse t'installer et te rafraîchir. Rejoins-moi quand tu auras fini, à la boulangerie Sucre d'Orge, on filera ensuite à l'atelier. Les présentations seront faites, je pourrai même te faire visiter un peu le village si on a le temps. Tu veux que je t'aide avec tes valises ?

— Non, merci. Tu as déjà beaucoup fait pour moi aujourd'hui.

— Tout le plaisir est pour moi, Audrey. La boulangerie se situe à quelques mètres seulement de ta résidence. Tu vois l'enseigne bleu et rouge avec un sucre d'orge dessus ?

Je plisse les yeux et, effectivement, j'aperçois la boulangerie d'ici.

— Je pourrai acheter mon pain tous les soirs en rentrant !

— En voilà une bonne idée ! rit Inès en partant. À tout à l'heure.

J'attrape mes deux bagages et profite du fait qu'un voisin sort pour rentrer dans le hall. Je regarde autour de moi et constate qu'il n'y a pas d'ascenseur.

— Allez, tu n'as qu'un étage à monter.

J'essaye de me motiver comme je peux. Je prends une valise, laissant l'autre sur le côté, puis grimpe difficilement les marches une à une. Tout à coup, un homme sorti de nulle part dévale l'escalier ! Au téléphone, il ne me voit pas et fonce droit sur moi ! J'ai à peine le temps de m'écarter, mais lorsqu'il me frôle, il trébuche sur mon bagage. Surprise, je lâche la poignée. Ma valise dégringole les marches que j'ai eu tant de mal à gravir. L'homme perd l'équilibre et atterrit sur l'autre restée en bas.

— Vous allez bien ?

Je redescends, complètement paniquée. L'individu, sonné, marmonne quelque chose dans une langue étrangère, ramasse son téléphone tombé au sol et me jette un rapide coup d'œil. Je suis aussitôt frappée par son regard bleu glacier. Je n'ai jamais vu une telle nuance.

— Je suis désolée, je…

L'homme en question me tourne le dos et reprend sa conversation incompréhensible pour mes oreilles tout en quittant les lieux.

— Eh bien, ça commence mal avec les touristes.

Je soupire et soulève mes bagages. Quelques minutes plus tard, j'ouvre enfin la porte de mon nouveau *chez-moi*. Après l'effort, le réconfort. Je découvre un magnifique appartement savoyard : du lambris patiné sur les murs, un vieux parquet. Tout le mobilier est en bois blond, et un énorme tapis moelleux dans les tons gris et beige m'accueille. Au centre, un canapé trois places et une table basse très cosy. Une baie vitrée s'ouvre sur un petit balcon donnant sur un ruisseau et de majestueuses montagnes. La kitchenette en pin massif est composée d'un évier, d'une hotte, d'une double plaque de cuisson et d'un four. Sur le plan de travail, je remarque un micro-ondes et une bouilloire, sûrement laissés par les anciens locataires, car ce n'était pas mentionné dans l'annonce. Une jolie petite table en bois et quatre chaises séparent la mini-cuisine du salon. Je me dirige ensuite vers la salle de bains décorée dans un style contemporain. La pièce comporte une douche ornée d'un carrelage blanc, le reste est aménagé avec des matériaux typiques des chalets : la pierre et le bois. Je découvre finalement ma chambre, toujours dans le même esprit : des rideaux blancs avec des flocons de neige brodés, un lit double surmonté d'une housse de couette pliée en quatre. Une lampe en bois au piètement en forme de cœur est posée sur ma table de chevet. L'appartement est vraiment très agréable et différent de ce dont j'ai l'habitude. Tout ce dont j'ai besoin pour cette nouvelle vie !

Chapitre 3

Audrey

— Je te présente Sébastien, notre boulanger, et sa sœur Heidi, notre vendeuse.

J'ai retrouvé Inès à la boulangerie Sucre d'Orge et je suis surprise par ce que j'y découvre. Sébastien et Heidi m'accueillent avec de grands sourires en me souhaitant la bienvenue. L'odeur du pain chaud sortant du four à bois fait gargouiller mon estomac. La vitrine expose des viennoiseries classiques, mais également des spécialités du monde entier.

— Gabriel a beaucoup voyagé, m'explique Inès. C'est pour cette raison qu'il propose des boules de Berlin, des brioches portugaises et des pastéis de nata, des kanelbulle de Suède, du nougat chinois… Il se lève à l'aube avec Sébastien pour tout préparer.

— Très bien, je ne m'attendais pas à ça.

Inès sourit en me répondant :

— Gabriel est… exceptionnel, tu verras. Ambitieux et généreux. Je n'ai jamais connu quelqu'un comme lui.

Ses yeux pétillent, montrant à quel point elle aime son fiancé.

Au vu des produits proposés, je comprends que Gabriel

est un boulanger-pâtissier qui se démarque grâce à ses expériences. Je saisis mieux son projet de créer sa propre chocolaterie-confiserie et sa volonté de s'étendre au niveau national. Quelques minutes plus tard, je me retrouve avec Inès dans sa voiture. Elle m'emmène vers mon lieu de travail, « l'atelier » comme ils le surnomment.

— Pour te rendre à l'atelier, le plus simple pour toi, tant que tu n'as pas de véhicule, c'est de prendre la navette. Nous avons la chance d'en avoir une qui ne passe pas très loin de notre établissement.

Inès me montre l'arrêt du minibus en question sur le parking du village. Dès lundi, je me débrouillerai comme une grande dans ce nouvel environnement.

— Avec la boulangerie, continue ma patronne, Gabriel a déjà créé nos propres assortiments de chocolats, nos sucres d'orge et nos nougats maison. Il ajuste également les pâtisseries selon la saison. Par exemple, dès la semaine prochaine, nous proposerons à la clientèle nos bûches de Noël meringuées, caramel et spéculoos, trois mousses au chocolat ou façon tiramisu. Au printemps, la « carte » de la boulangerie est plus fruitée et colorée.

— C'est un excellent concept. Combien de salariés avez-vous en tout ?

— Sébastien et Heidi sont en permanence à la boutique. Pour ma part, je gère toute la partie administrative, comptable, financière et logistique, et je suis aussi souvent à la boulangerie pour leur donner un coup de main. Les fournisseurs et les achats sont pour toi dorénavant ! Ensuite, à l'atelier, nous avons Gabriel qui s'occupe de tout ce qui est pâtisserie et confiserie. Max, un de ses copains de longue date, nous a rejoints quand nous avons lancé le projet de commercialisation. Comme je te l'ai expliqué lors de notre entretien, l'atelier Chocolaterie-Confiserie de Savoie a pour but de vendre nos créations dans toute la France à travers des boulangeries, des salons de thé et *coffee-shops*. Pour cette partie, nous avons François, notre responsable vente et distribution. Il vit à Montpelier et travaille de chez lui, mais il vient de temps en temps nous rendre visite. Pour l'instant, j'échange avec lui presque tous les jours en visioconférence.

— OK, super.

— On arrive, m'annonce la jeune femme.

Inès effectue un dernier virage puis nous franchissons un petit portail en bois. Je ne sais pas pour quelle raison je m'attendais à une vieille usine délabrée, mais ce que je découvre est surprenant : un ancien hangar tout en bois dont les fenêtres industrielles en demi-lune donnent une touche de modernité étonnante. Nous nous garons face à un étang gelé présent dans la propriété et j'emboîte le pas de ma patronne qui se sauve à l'intérieur.

— Ah ! souffle-t-elle en retirant son bonnet. Il fait meilleur ici.

Le bâtiment est généreusement chauffé. Depuis le hall d'entrée, je remarque un long couloir qui mène à différentes pièces.

— Viens, m'indique mon guide du jour en prenant la première porte sur la droite. Gabriel et Max sont sortis, occupons-nous tout de suite de la paperasse. On sera tranquilles.

J'acquiesce en la suivant dans son bureau au style scandinave. Nous discutons aussitôt de mon contrat de travail et le validons ensemble. Nous appelons également le propriétaire de mon appartement dans la foulée, je signe les documents concernant ma location afin que tout soit bouclé. Inès me propose ensuite un café et j'ose lui poser quelques questions indiscrètes :

— Alors, Gabriel et toi, vous êtes fiancés ?

Inès rougit.

— Oui, depuis quelques mois.

— Et pour quand est prévu le mariage ?

— Dans un an, à Noël. Nous avons préféré cette année nous concentrer sur la boulangerie et la création de l'atelier.

— C'est génial.

— Oui, pour l'instant, je ne stresse pas trop. Je me focalise sur l'inauguration de la chocolaterie-confiserie en avril prochain, tout en assurant la charge de travail de la boutique. De décembre à février, nous avons quatre fois plus de clients en raison des fêtes de fin d'année et des vacances d'hiver. C'est pour cette raison que j'ai besoin de quelqu'un comme toi pour s'occuper de tous nos fournisseurs et de nos achats.

Nous sommes interrompus lorsque la porte d'entrée s'ouvre dans le hall.

— Inès ?

Je reconnais aussitôt la voix de Gabriel.

— Dans mon bureau ! s'exclame sa fiancée.

Le grand patron rentre et lève ses bras joyeusement :

— Bienvenue, Audrey !

Il me fait la bise, ce qui me surprend et me fait rire. Je n'ai pas le temps de lui répondre, car une deuxième personne franchit la porte de l'établissement. Gabriel se retourne.

— Max ! lance-t-il. Je te présente Audrey, notre nouvelle acheteuse, celle dont je t'ai parlé.

Mon sang ne fait qu'un tour lorsque mon regard croise celui du jeune homme qui entre dans le bureau d'Inès. Je reconnais d'emblée ce bleu glacier. Mon nouveau collègue enlève son bonnet à pompon noir, libérant des cheveux blonds en bataille. Il est bouche bée.

— Toi ?

J'écarquille les yeux en pensant qu'il doit y avoir une erreur.

— Vous vous connaissez ? demande Inès en fronçant les sourcils.

— Eh bien, je…

J'essaye d'expliquer l'ironie de la situation, mais Max m'interrompt :

— C'est elle ! s'exclame-t-il dans un français teinté d'un léger et indéfinissable accent en se tournant vers Gabriel. C'est à cause d'elle que je me suis ramassé dans les escaliers !

Son ton est condescendant. Sa manière de me détailler, de la tête aux pieds, me déstabilise et me blesse furtivement. Gabriel éclate de rire puis répond, tant bien que mal :

— Ah, c'est vrai ! Je n'avais pas fait le lien, vous vivez dans le même immeuble ! Audrey loue l'appartement du premier, à côté de celui de Mme Flory.

— Mais oui ! confirme Inès. C'est quoi cette histoire d'escaliers ?

— Je me suis pris sa valise tout à l'heure ! Elle était au milieu du passage !

Je feins un sourire désolé et n'ose pas répliquer. Il n'avait qu'à faire attention, au lieu de débouler de cette façon, pendu au téléphone ! Je garde mon sang-froid, préfère me concentrer sur les explications de Gabriel :

— Max est un ami de longue date, nous nous sommes rencontrés en Suède. C'est un excellent chocolatier-confiseur et mon bras droit dans la conception de nos produits à l'atelier.

Il est donc suédois. Son regard glacier – ou dois-je dire glaçant, dorénavant ? – me transperce. Son large sourire arrogant dévoile une dentition parfaite, d'une blancheur éblouissante.

— Bienvenue… voisinc.

Le ton qu'il emploie m'indique que la partie n'est pas gagnée. Je décide de rester impassible.

— Merci, je suis vraiment contente d'être là. Je suis en plus très bien logée dans notre résidence.

Max rit nerveusement, tandis qu'Inès et Gabriel échangent un regard moqueur lorsqu'ils comprennent que nous allons très probablement leur donner du fil à retordre.

— Viens, je te fais visiter.

J'emboîte le pas de ma chef, ignorant les battements saccadés de mon cœur en raison de mon agacement. La jeune femme me montre les installations. Juste après le bureau d'Inès, il y a une salle de réunion et, en face, une jolie pièce composée d'une table à quatre tiroirs, d'un ordinateur portable, d'un fauteuil à roulettes jaune moutarde et d'une armoire à rideaux.

— Voici le bureau que nous t'avons aménagé. Tu peux le décorer à ta façon et y apporter ta touche personnelle.

— C'est parfait.

Inès me fait ensuite découvrir les deux grandes cuisines de l'atelier : l'une, dédiée à la pâtisserie, l'autre, focalisée sur la partie chocolat et confiserie. Armoires froides, chambre de pousse, chariots à plateaux, fours, pétrins, batteurs-mélangeurs… Gabriel est très bien équipé et je réalise l'énorme investissement pour son projet. Puis, elle m'emmène dans la salle de repos qui fait office de cuisine et en même temps de petit salon.

— Tu as un micro-ondes, une machine à café et un frigo à ta disposition. Fais comme chez toi, notre objectif est de travailler dans une ambiance confortable où il ne nous manque rien.

La jeune femme détache ses cheveux bouclés puis refait sa queue-de-cheval.

— Les toilettes sont au fond, continue-t-elle en regardant autour d'elle. Je crois que je n'ai rien oublié.

Je souris et la remercie.

— Ton contrat est signé, tout est bon pour nous. Profite de ces trois jours pour t'installer et te reposer afin d'être en forme lundi !

— J'ai hâte, si tu savais !

— Tant mieux ! rit Inès.

Nous retournons dans le hall d'entrée où Gabriel et Max discutent joyeusement. Lorsque le Suédois pose son regard sur moi, je l'ignore.

— Merci pour cet accueil, je vais rentrer si tout est bon pour vous.

Gabriel acquiesce avec un petit sourire.

— On t'attend lundi. N'hésite pas à nous appeler si tu as besoin de quoi que ce soit.

Je lui fais un signe de tête et, quelques minutes plus tard, je quitte l'atelier, enveloppée dans mon manteau trop léger pour la montagne. Il fait déjà nuit. Je regarde ma montre : 18 heures. Je n'ai pas vu l'après-midi passer. L'arrêt du minibus n'est effectivement qu'à quelques pas de l'atelier et la navette ne se fait pas attendre longtemps. Heureusement, car je ne sens plus mes doigts de pieds !

De retour dans le centre du village, je me rends à la

boulangerie Sucre d'orge. Heidi semble contente de m'accueillir. Je décide d'essayer leur sandwich savoyard et de goûter la tarte meringuée de Gabriel. J'achète également quelques viennoiseries pour demain matin puis, une fois dans mon appartement, je file sous la douche. Je fouille dans mes valises à la recherche d'un pyjama et d'une parure de lit et me prépare pour la nuit. Je suis tellement fatiguée que je mange le sandwich et la tarte meringuée exquise sous la couette, tout en pianotant sur mon ordinateur. Je prévois une livraison pour le lendemain dans une grande enseigne de supermarché afin de remplir mon frigo et mes placards. Même si je me sens exténuée après cette journée de déménagement, je suis apaisée, heureuse et sûre de moi. L'appartement me plaît, mes patrons, Inès et Gabriel, sont adorables et je suis certaine que le poste va me convenir à la perfection. Pour ce qui est de mon collègue suédois arrogant, je saurai l'amadouer. Je n'en doute pas une seule seconde.

Chapitre 4

Audrey

Le lendemain matin, mon nouveau lit est testé et approuvé. J'ai dormi à poings fermés et me sens d'attaque pour cette première journée en tant qu'habitante du village de La Rosière. Je mange un croissant puis file me préparer. Mon premier objectif est de me rendre à l'office de tourisme afin d'obtenir un passe de transport pour la navette. Je fais ensuite un détour par l'épicerie pour repérer ce qu'ils proposent, suivi d'un tour complet du centre-ville pour faire un peu de shopping. Cependant, je ne déniche pas grand-chose à part une veste polaire, des chaussons et des moufles bien chaudes. Je demanderai à Inès les bonnes adresses dans le coin pour mieux m'équiper.

Lorsque je rentre, je ne perds pas de temps et commence à m'installer. Quelques objets qui me tiennent à cœur dans chaque pièce suffisent à retrouver mon cocon : des livres et un patchwork dans le salon ; un savon parfumé à l'entrée ; ma vieille boîte à bijoux qui appartenait à ma grand-mère dans la chambre ; ou encore mon peignoir et mes affaires de toilette dans la salle de bains. Je range ensuite mes vêtements dans l'armoire et en moins de deux heures, mes valises sont vides. Quelqu'un sonne à la porte au même moment. Je suis ravie de découvrir un livreur sur le palier avec mes courses ! Juste à temps pour finir mon installation !

Inès a raison, la navette est pratique pour circuler dans le domaine, mais je vais devoir me dégoter un véhicule, car je nc suis plus à Lyon. Il n'y a pas de métro ici et, au moindre déplacement pour me ravitailler ou pour un rendez-vous médical, je serai confrontée au manque de transports en commun. En milieu d'après-midi, je suis encore pleine d'énergie, aussi, je décide de faire un saut à l'atelier. Même si je commence officiellement lundi, je suis curieuse de voir à quoi ressemble l'ambiance sur mon lieu de travail. Ne perdant pas une seconde de plus, je prends la navette. Une vingtaine de minutes plus tard, je franchis les portes de l'établissement.

— Audrey ? Tout va bien ?

Inès sort de son bureau au même moment, vêtue d'un jean et d'un col roulé. Elle enlève ses lunettes, semble inquiète.

— Bonjour. J'ai fini de m'installer, alors je me suis dit que je pouvais venir vous voir.

— Ah ! souffle-t-elle, soulagée. Tu me rassures ! Tu as bien fait.

Elle me fait signe de la suivre. Je pose mes affaires au passage dans mon bureau. Inès rentre dans la cuisine « chocolaterie-confiserie » où je découvre Gabriel et Max, affalés sur une table, entourés d'une dizaine de croquis.

— Mec, insiste le Suédois, fais-moi confiance. Rajoutons le praliné feuillantine, ça fera toute la différence.

Son patron fronce les sourcils tout en mordillant un vieux stylo quatre couleurs.

— Les garçons, regardez qui est venu nous rendre visite.

Ils sursautent et se retournent.

— Qu'est-ce que tu fais là ? me demande le blond, quelque peu contrarié.

— Euh…

— Audrey ! s'exclame Gabriel. Tu es impatiente de commencer, on dirait ?

Max n'attend même pas que je réponde, il reporte son attention vers les documents posés devant lui.

— On peut dire ça, effectivement. J'ai fini de m'installer et j'avais envie de sortir un peu.

— Tu as trouvé tout ce qu'il te fallait ? me demande Inès.

Je souris en fronçant le nez.

— Pas vraiment. Est-ce que par hasard tu peux m'indiquer où acheter des vêtements un peu plus à la mode que ceux proposés par les commerçants de La Rosière ? J'ai l'impression que tout est spécialement vendu pour les touristes ou pour les sports de glisse !

Gabriel et Inès éclatent de rire puis celle-ci me confirme :

— C'est exactement ça ! Tu as tout compris. C'est l'inconvénient de vivre dans une station de ski.

— Je descends souvent à Bourg-Saint-Maurice, on y trouve tous types de commerces.

— OK ! J'annonce officiellement que mon premier objectif est d'économiser pour m'acheter une voiture.

Ils acquiescent, tandis que le Suédois me tourne toujours le dos.

— Tu pourrais l'emmener cet après-midi, chérie ? Comme ça, tu récupères en même temps nos colis au point relais.

— Oh ! Une virée shopping entre filles, je ne dirais pas non ! Tu n'as pas besoin de moi ?

— Non, on est vendredi, la semaine a été longue. Je pense que je vais continuer mes croquis avec Max, je descendrai ensuite à la boulangerie donner un coup de main à Sébastien.

J'échange un regard complice avec Inès, comme si nous étions amies depuis des années. La joie de faire du shopping avec une autre femme est universelle ! Cela prouve encore une fois que nous allons bien nous entendre.

Gabriel se redresse tout à coup, il semble avoir une idée :

— Et sinon, demain soir, qui est partant pour boire un verre au Mountain Café pour fêter l'arrivée d'Audrey ?

— Toi ? réagit enfin son ami d'enfance en se tournant vers lui. Tu veux aller boire un verre ?

— Je sais que je suis tout le temps en train de travailler, mais en voilà une bonne excuse pour sortir samedi soir !

— Ce serait super, sourit sa fiancée.

— J'invite Heidi et Sébastien aussi, ajoute mon boss.

Le Suédois soupire et grogne :

— Tu n'es pas obligé, tu sais ?

— Oh, ne fais pas ton rabat-joie !

Gabriel lui donne un coup dans le dos et se frotte ensuite les mains.

— Allez, oust, les filles ! Laissez les hommes bosser et ne faites pas trop chauffer vos cartes bleues.

Sans plus tarder, nous quittons la cuisine en riant puis nous équipons pour affronter le froid glacial montagnard de ce mois de décembre.

***

La ville a revêtu ses plus beaux atours. Les arbres arborent guirlandes dorées, nœuds rouges et cadeaux multicolores suspendus à leurs branches. Les rues pavées sont parfaitement dégagées, malgré la neige qui tombe de temps en temps. La température froide maintient le manteau blanc immaculé des majestueuses montagnes qui nous entourent et je peine à réaliser que ce paysage fait dorénavant partie de mon quotidien.

— Je me crois en vacances.

Inès éclate de rire.

— Ah ! Ça te change de Lyon !

— Oh oui !

— Et attends de voir à partir du printemps. Tu croiseras des vaches sur la route, les moutons deviendront tes meilleurs amis et tu vas prendre goût aux randonnées. Croismoi ! Je suis passée par là.

Inès me questionne sur ce dont j'ai besoin et elle m'emmène dans plusieurs petites boutiques très sympathiques. J'achète une cafetière, un peu de vaisselle supplémentaire et une nouvelle parure de lit. Pour ce qui est de ma garde-robe, j'ai trouvé une doudoune The North Face – d'après ma nouvelle amie, je ne regretterai pas d'y avoir mis le prix – ainsi que deux paires de bottes : une avec fourrure et une autre crantée. Toujours selon les conseils de la jeune bouclée, j'ai pris trois pulls bien chauds, un bonnet à pompon et deux nouvelles écharpes. « On a toujours froid ici ! » m'a-t-elle assuré plusieurs fois.

Cet après-midi fut une belle surprise et, après avoir récupéré ses commandes, nous remontons dans notre village, secrètement convaincues qu'une sincère amitié est en train de naître entre nous.

***

J'admire la blancheur du paysage enneigé, bien que la nuit soit tombée. Le craquement de mes pieds dans les rues gelées me fait sourire. Après avoir traîné le samedi en pyjama chez moi, c'est avec joie que je me rends dans le centre pour boire un verre avec mes nouveaux collègues. Le Mountain Café se situe au rez-de-chaussée d'une résidence hôtelière. Ses fenêtres éclairées d'une lumière dorée incitent à se réfugier à l'intérieur, au chaud. Lorsque je rentre, je repère aussitôt Inès et Gabriel au fond de la salle, composée principalement de tables basses et de petits canapés. Ils me font signe en même temps au moment où j'enlève mon bonnet et mon écharpe. La douce chaleur entretenue par une énorme cheminée ouverte en plein milieu de la vaste pièce invite à la détente. Nous sommes très loin des bars des grandes métropoles. J'inhale discrètement la délicieuse odeur orange-cannelle des bougies parfumées qui ornent chaque table ainsi que le rebord des fenêtres. Du lambris gris tapisse les murs et des suspensions naturelles en bambou tamisent la lumière.

— Bonsoir.

— Salut, Audrey !

Inès me fait signe de m'asseoir à ses côtés tandis que son fiancé me demande :

— Alors, comment se porte la nouvelle villageoise ?

— J'essaye de me projeter, mais je me crois en vacances !

— Ah ! Lundi, les choses sérieuses commencent, ne t'en fais pas. Je suis un patron intransigeant et tyrannique !

— Mais bien sûr ! rit Inès en prenant la carte du bar

posée sur la table basse. Qu'est-ce que tu veux boire ?

— Aucune idée ! Qu'est-ce que tu me conseilles comme cocktail spécial « montagne » ?

— Un Snow Ball. C'est un cocktail glacé avec de la vodka, de la liqueur de café et de la crème fouettée.

— Vendu !

Gabriel fait signe au serveur et commande trois Snow Ball, puis Max arrive juste à temps pour en demander également un pour lui.

— Hey, *Max the swedish* !

Il cogne son poing contre celui de Gabriel puis salue Inès en lui envoyant un baiser. Le jeune homme blond me regarde à peine en déboutonnant son manteau parsemé de petits flocons de neige et, sans surprise, décide de s'installer à côté de son ami. Juste en face de moi.

Je tente d'engager la conversation :

— Ça ne fait pas très suédois comme prénom, Max.

— C'est tout simplement parce que ce n'est pas mon prénom, grogne-t-il sans prendre la peine de me dévisager. « Max », c'est que pour les intimes. Je m'appelle Maximilian Johan.

Je réalise que je viens de mettre les pieds dans le plat et que la courtoisie n'est pas son point fort.

— Oh, je vois… Et comment dois-je t'appeler ?

— On n'est pas intimes, donc tu as la réponse.

— D'accord.

À chaque répartie de sa part, un nœud se serre de plus en plus dans ma gorge. Pourquoi est-il si désagréable ? Hargneux ? Est-ce qu'il m'en veut à cause de sa chute dans les escaliers lors de notre première rencontre ? Je croise le regard d'Inès qui fronce les sourcils. Elle s'apprête à intervenir, mais je remarque que Gabriel se retient de rire tout en lui faisant un geste de la main pour qu'elle ne perde pas de temps à réagir. Elle me fixe, déconcertée, et je lui réponds d'un signe de tête indiquant que c'est sans importance. Le serveur arrive au bon moment avec nos quatre Snow Ball. Je bois une petite gorgée avant de voir Heidi et Sébastien rentrer dans le bar.

— Ils sont là.

Le boulanger et sa sœur nous saluent joyeusement. Sébastien s'installe aussitôt à côté de moi avant de me claquer la bise. Maximilian en face de moi se raidit et le fusille du regard. Le boulanger, étonnamment provocateur, lui lance un sourire quelque peu compétitif. On sent l'animosité crépiter entre les deux hommes, je ne m'attendais clairement pas à ça. Ne comprenant pas ce qu'il se passe, je me penche vers Inès afin de discuter avec elle. Du coin de l'œil, je remarque que la jeune vendeuse, Heidi, est vêtue d'une robe moulante et décolletée sous son long manteau en laine. Elle fait pivoter son fauteuil vers Max et lui fait les yeux doux.

— Ils sont sortis ensemble, me souffle Inès. Enfin… ils se sont fréquentés une petite semaine, rien de plus d'après ce que j'ai compris.

Nous passons une belle soirée, malgré Sébastien qui cherche à tout prix à attirer mon attention. Il me pose beaucoup de questions au début et se montre très tactile : sa main touche souvent mon avant-bras, ce qui est un peu trop familier à mon goût. Max parle peu. Je constate qu'il fait semblant d'écouter Heidi. Gabriel et Inès me racontent leur rencontre puis comment ils ont créé La Maison Gabriel. Deux heures plus tard, nous décidons de quitter les lieux.

— Merci pour cette soirée de bienvenue. C'était une très

bonne idée, Gabriel.

— À lundi ! me répond-il en posant un bras sur les épaules d'Inès.

Le couple sort en premier du bar et, alors que je finis de régler ma note au comptoir, je constate que de gros flocons tombent du ciel. Tout à coup, Maximilian arrive derrière moi et dit un peu trop fort :

— Je rentre avec toi.

Il place une main dans le bas de mon dos avant même que j'aie enfilé ma grosse doudoune. Le rouge me monte aux joues, pas seulement à cause de la chaleur ambiante.

— Je ne vais pas laisser ma nouvelle voisine seule dans les rues de la station à une heure pareille.

Il insiste, contre toute attente, à m'aider à revêtir mon manteau puis regarde ensuite Sébastien qui sourit nerveusement. Heidi semble peinée face au comportement du jeune chocolatier et sort sans même nous dire au revoir. Son frère lui emboîte le pas en me souhaitant une bonne nuit d'une voix quelque peu agacée. Je fixe Maximilian qui enroule son écharpe autour de son cou. Je ne me retiens pas et lui demande :

— C'est quoi ton problème ?

Il hausse les épaules comme s'il n'avait rien fait de mal. Tout chez lui devrait me braquer : il est hargneux, sans-gêne et insolent. Mais son regard bleu glacier m'intrigue et, malheureusement, ne me laisse pas indifférente.

Chapitre 5

Maximilian Johan

— Il se passe quoi entre le boulanger et toi ? me demande Audrey alors que nous marchons dans les ruelles du village.

J'ignore pour quelle raison j'ai insisté pour rentrer avec elle. Certes, nous vivons dans la même résidence, mais j'aurais très bien pu boire un verre de plus au Mountain Café, tout seul, afin de la laisser prendre de l'avance.

— Rien.

— Si, Maximilian Johan. Tu ne portes pas Sébastien dans ton cœur et c'est réciproque.

Je souris en entendant mes deux prénoms. Je pensais la repousser en lui faisant comprendre que je ne veux pas que l'on soit amis, mais l'effet sur elle est inverse : ça l'amuse de m'appeler ainsi.

— Je ne porte pas grand monde dans mon cœur, voisine.

— Est-ce que vous ne vous entendez pas parce que tu es sorti avec sa sœur ?

C'est le pompon ! Elle plaisante, j'espère. Pourquoi me pose-t-elle toutes ces questions ?

— Je vois qu'Inès ne perd pas de temps. Non, je ne suis

pas sorti avec elle. J'ai eu le malheur de… Comment dites-vous en français ? De… la fréquenter un soir, c'est ça. Depuis, elle ne me lâche pas.

— Oh, d'accord, rit-elle. Tu es du genre à draguer une fille pour une nuit et à partir le lendemain en douce.

Quel culot ! La voilà qui me juge sans me connaître, maintenant ! Je sens la moutarde me monter au nez, mais je garde le contrôle.

— Tu te trompes, voisine. Je suis du genre à l'inviter à boire un verre, en tête à tête, puis à comprendre à quel point elle est superficielle. Elle ne me plaît pas.

Elle hausse les épaules, toujours un sourire sur les lèvres. Audrey est si… imprévisible. Elle est, du moins pour l'instant, différente de toutes les femmes que j'ai connues. Je décide de l'attaquer à mon tour.

— Tu as bien sympathisé avec le boulanger en tout cas, ce soir.

Sébastien est tout ce que je pense ne pas être : sociable, serviable, drôle, charismatique. Il est également tout ce que je déteste : un don Juan trop sûr de lui et arrogant. Mais il semble être le genre qui plaît aux femmes au premier coup d'œil. En effet, aucun effort ne lui est demandé pour les séduire. Lorsque nous sortons, il choisit une cible et celle-ci ne tarde jamais à tomber dans les mailles de son filet.

Nous rentrons à cet instant dans le hall de notre résidence et empruntons, sans même nous concerter, les escaliers.

— Reste bien derrière moi, me dit-elle d'un air moqueur. On ne sait jamais si une valise décide de croiser ton chemin.

— Très drôle, mais tu ne vas pas t'en sortir comme ça. Alors, Sébastien ?

Nous nous arrêtons au premier étage, devant son appartement. Audrey trouve aussitôt les clés dans son sac à main puis ouvre la porte. Lorsqu'elle entre chez elle, son regard s'accroche au mien et je ne veux pas briser ce contact. Audrey est petite, je remarque que sa tête arrive au niveau de mon torse. Ses yeux noisette sont… intrigants. Ses longs cheveux noir de jais parfaitement lisses. Nous nous contemplons en silence, à la recherche de quelque chose que nous ignorons tous les deux, j'en suis certain. Puis, ma voisine redescend sur terre, alors que je comptais bien demeurer encore un moment sur les nuages, et me répond d'un ton sec :

— Tu veux vraiment savoir ? Eh bien, lui, au moins, il est gentil, agréable et ne me parle pas comme à un chien. Bonne nuit, Maximilian Johan.

Audrey force un sourire en insistant sur mon prénom, avant de me claquer la porte au nez ! Je reste sans voix, seul sur le palier. Que vient-il de se passer, au juste ?

* * *

Lundi matin, je suis heureux de reprendre la route de l'atelier. J'ai passé le dimanche à tourner en rond. Je dois l'admettre, je ne vis que pour mon métier de chocolatier-confiseur. Orangettes, tablettes, rochers, truffes ou encore bonbons et nougat sont mes œuvres d'art, ma fierté. J'adore les fabriquer tout en travaillant des matières premières nobles comme le cacao, le lait et le sucre. De la maîtrise de ces ingrédients aux procédures de fabrication, j'aime allier esprit créatif et minutie pour créer des chocolats et des confiseries parfaitement équilibrés. Gabriel m'a sauvé lorsqu'il m'a appelé, il y a quelques mois de cela maintenant. J'étais sans emploi, complètement à la ramasse après ma séparation. Ma dette à son égard est immense, je pense qu'il ne l'imagine même pas. J'avais besoin de quitter la Suède, car la vie que j'avais construite s'est effondrée du jour au lendemain, à cause d'une femme. C'est pour cette raison que j'ai sauté dans le premier avion pour la France. La barrière de la langue ne m'a jamais fait peur : j'avais de bonnes bases scolaires, bien que datant de quelques années. Depuis mon arrivée, je suis de plus en plus à l'aise, grâce encore une fois à Gabriel qui m'a conseillé des cours le soir, les premières semaines.

Lorsque j'entre dans l'atelier, mon meilleur ami français est déjà là avec Inès. Je les trouve tous les deux dans le bureau de ma patronne et les salue joyeusement en leur faisant la bise :

— Je vais finir par croire que vous dormez ici.

— Tu n'imagines même pas ce qu'on fait dans cet atelier quand on est seuls, plaisante Gabriel.

Inès, choquée, ouvre la bouche et la referme aussitôt en lui lançant un stylo. J'éclate de rire puis pars déposer mes affaires dans notre salle de repos. Mon ami me suit, il s'adosse à l'encadrement de la porte.

— Essaye d'être sympa avec Audrey aujourd'hui, me demande-t-il.

Je plisse les yeux exagérément et fais semblant de ne pas comprendre.

— Je peux savoir pourquoi elle t'énerve ? poursuit Gabriel, alors que je me dirige vers une de nos cuisines.

— Elle ne m'énerve pas, je la trouve tout simplement… trop…

— Trop ? grimace Gabriel en se moquant de moi.

— Je n'en sais rien. Il y a un truc qui ne me plaît pas.

Je passe mon tablier et remonte les manches de mon polo.

— À mon avis, c'est l'inverse. Il y a un truc qui te plaît chez elle et tu en es bouleversé.

— Oh, non ! C'est reparti pour un tour. Laisse-moi tranquille, bon sang !

— Allez, Max ! Sérieusement, quand est-ce que tu vas essayer de te trouver quelqu'un ?

— Ça ne m'intéresse pas.

— Pourquoi ?

Gabriel croise les bras avant de me barrer la route, m'empêchant d'accéder à mes ustensiles.

— Dégage de là. Je dois préparer pas mal de chocolats pour la boulangerie aujourd'hui. T'as oublié ?

— Réponds-moi, insiste-t-il. Pourquoi repousses-tu la gent féminine ?

Je soupire et recule de deux pas en essayant tant bien que mal de lui expliquer, encore une fois, mes raisons :

— Parce que je n'ai pas envie de partager ma bouffe ! Je veux être le seul maître de la télécommande le soir, je n'ai pas envie de faire attention à tout ce que je fais ou dis 24 heures sur 24, 7 jours sur 7. Je ne veux pas d'embrouille, de belle-famille ou…

— Souffrir à cause d'une femme, comme Elsa l'a fait ? m'interrompt-il.

— Tu peux arrêter de tout ramener à mon ex ? Oui, tu as divorcé et tu as trouvé Inès, mais ça ne veut pas dire que ça m'arrivera aussi. Je ne suis pas fait pour être en couple. Point. J'ai déjà assez donné.

— Tu n'es surtout pas tombé sur la bonne personne,

mec.

Gabriel m'agace et il le sait. Je le fusille du regard, tandis qu'il lève les bras, me faisant comprendre qu'il a fini de m'embêter. Du moins, pour aujourd'hui. Nous nous affairons à nos tâches matinales, puis, quelques minutes plus tard, Audrey vient nous saluer :

— Bonjour, tout va bien par ici ?

Mes yeux croisent ceux de la petite nouvelle. La flamme qui y pétille me surprend. Un joli sourire plane sur ses lèvres, quelque chose remue en moi. Je réponds en cachant la curiosité qu'elle provoque en moi :

— Ouais, il n'y a pas de vache sur la glace.

Audrey s'esclaffe, je la fusille du regard à son tour.

— C'est une expression suédoise qui veut dire que tout va bien, lui explique Gabriel en riant.

— D'accord, je tâcherai de m'en souvenir. J'imaginais juste… une vache… sur la glace ! C'était une belle image !

Gabriel se marre encore plus fort et je les observe. Les Français ont un humour particulier, je ne vois pas ce qu'il y a de si drôle ! S'il y avait vraiment une vache sur la glace, on aurait du souci à se faire pour la tirer d'affaire, la pauvre !

— Prête pour ta première journée ? reprend mon patron pour changer de sujet.

— Oui, enfin ! Je passais juste vous dire bonjour, Inès m'attend.

Lorsqu'elle tourne les talons, je lève les yeux pour l'observer. Elle porte un jean, des chaussures de randonnée et un petit chemisier beige. Elle a un look chic et décontracté en même temps. Ses cheveux sont remontés à l'aide d'un crayon à papier pour former un chignon décoiffé. Je la reluque en cachette, jusqu'à ce qu'elle quitte la cuisine. Gabriel me donne un coup de coude au même moment et chuchote :

— Arrête de la mater, je pensais qu'elle ne te plaisait pas.

Je prends une profonde inspiration puis ferme les yeux quelques instants afin de contrôler une multitude de sentiments contradictoires qui me passent par la tête.

— Chef, concentrez-vous. Vos bonbons au génépi ne vont pas se créer tout seuls ! Laissez-moi avec mes chocolats, Inès doit les descendre cet après-midi à la boulangerie.

— Ah, mon p'tit Max. J'ai l'impression que j'ai raison. Audrey va te causer pas mal d'ennuis et peut-être même des nuits blanches à fixer le plafond.

Je prie pour qu'il ait tort. Ce n'est pas le moment de tomber amoureux, nous avons une chocolaterie-confiserie à ouvrir.

Chapitre 6

Audrey

Dès les premiers jours, je suis surprise par ma capacité à me familiariser avec ma nouvelle vie et mon nouveau logement. Tout ici est différent : un climat pur, sec, un village animé jour et nuit par le remue-ménage des touristes, des habitants chaleureux, souriants et adorables. Je n'ai pas l'habitude de cette ambiance si sereine, j'ai toujours vécu à Lyon, au milieu des klaxons, de la pollution et du stress incessant qui prédomine au sein des métropoles. À La Rosière, personne ne court pour prendre un bus ou un métro, tout le monde vous dit bonjour, et si j'arrive quelques minutes en retard, personne ne me fait la moindre remarque. Au contraire, j'ai l'impression d'arriver en avance tous les matins. Inès se montre très disponible, quant à Gabriel et Max, je les vois très peu : ils sont tout le temps cloîtrés dans leur cuisine, à faire des essais. De temps en temps, notre patron vient nous demander notre avis sur le dernier chocolat ou bonbon qu'ils ont confectionné.

De mon côté, je me sens bien dans mon bureau. Je me focalise sur l'analyse du marché, les contrats fournisseurs en cours et trie ceux à renégocier et ceux à résilier. J'entame également des discussions avec un apiculteur local et une petite société d'Aix-les-Bains, spécialisée dans la création, la fabrication et la commercialisation d'arômes destinés aux artisans du secteur agroalimentaire. Un matin, Gabriel nous convoque tous les trois dans la salle de repos pour une pause-café. Il a même préparé de belles viennoiseries.

— En quel honneur avons-nous le droit à ce petit déjeuner d'équipe ? l'interroge Maximilian.

Sa méfiance me fait sourire. Est-ce que tous les Suédois sont comme lui ? Crispés et toujours aux aguets ?

— J'ai quelque chose à vous annoncer.

— Ah bon ? s'étonne Inès.

Si sa propre fiancée n'est pas au courant, je prie pour qu'il ne mette pas les pieds dans le plat. Il est censé tout partager avec elle, non ?

— Nous sommes inscrits au Salon européen des Chocolatiers, annonce-t-il fièrement. Cette année, l'évènement a lieu à Annecy.

Je m'apprête à le féliciter, mais je remarque qu'Inès plisse le front avant d'intervenir la première :

— Attends… Ce salon, c'est en février, non ?

Gabriel acquiesce et j'aurais préféré avoir tort. Il aurait dû lui en parler avant, car une dispute éclate :

— Mais tu es fou ! s'écrie-t-elle. La semaine prochaine, c'est Noël ! On a les fêtes de fin d'année et l'inauguration de l'atelier en avril à préparer ! Audrey vient à peine d'arriver !

— Justement, j'ai tout prévu. On va…

— Pourquoi tu ne m'as rien dit ? Pourquoi tu me l'as caché ?

— Parce que je savais que tu paniquerais, essaye de se justifier maladroitement Gabriel. Écoute-moi, je…

— Mais c'est normal de paniquer ! On ne va jamais réussir à tout faire !

Je jette un coup d'œil à Maximilian, qui fixe à présent ses pieds. Bravo, en plus de son caractère de cochon, c'est aussi un lâche.

— Inès ! s'exclame à son tour mon patron.

Il regrette aussitôt d'avoir haussé le ton et s'excuse en levant les mains. Il prend une profonde inspiration puis continue, plus calmement :

— Écoutez mon plan. Le salon propose ce qu'ils appellent le « marathon du chocolat et de la confiserie ». C'est une promenade ludique et gourmande pour les visiteurs, dans la ville, afin qu'ils partent à la rencontre des artisans chocolatiers. Le salon souhaite promouvoir des chocolats de haute qualité, en faisant découvrir notre savoir-faire et notre passion pour le cacao. L'objectif de notre participation est de remporter au moins un des prix de ce marathon, et aussi de se faire connaître. Ce serait un énorme coup de pub pour La Maison Gabriel, plus particulièrement pour notre Atelier Chocolaterie-Confiserie de Savoie.

— De quels prix parle-t-on ? demande Max en plissant les yeux.

— Les catégories varient, mais restent basiques : « Meilleur chocolat européen », « Meilleur chocolat original », « Meilleur chocolat de Noël », « Meilleur chocolat bio » et « Meilleure tablette de chocolat ».

Le grand blond croise ensuite les bras et acquiesce en disant :

— Je comprends Inès, c'est un cadeau empoisonné en cette période.

— Merci, souffle la jeune femme.

— Mais c'est aussi un très bon défi à relever. Une récompense serait un vrai atout pour l'ouverture de la chocolaterie-confiserie.

Gabriel regarde sa fiancée et lui fait une espèce de révérence. Elle lève les yeux au ciel, ce qui me fait sourire. Max fait signe à son ami de se calmer en riant :

— T'emballe pas, mec. Elle a raison sur un point : on est débordés. Même si on commence après le Nouvel An, on aura l'Épiphanie juste après, suivie de Pâques. Il y a toujours un truc en plus de l'inauguration de la chocolaterie-confiserie.

— C'est vrai, mais on est une équipe, reprend notre boss. On doit tous mettre la main à la pâte. Sébastien gère la boulangerie et Heidi, elle est gentille, mais elle est bien à sa place de vendeuse. Pas derrière les fourneaux. Je continuerai donc de tout préparer pour la boutique à l'aube avec Seb, mais ce n'est pas sa première année. Je lui fais confiance. Il tiendra parfaitement la boulangerie avec sa sœur. Au moindre pépin, on n'est pas loin.

Je me redresse et leur apporte mon soutien, du mieux que je le peux :

— Je ne suis pas très agile avec des ustensiles de cuisine, mais vous pouvez compter sur moi. Je vous aiderai dans les tâches les plus simples.

— C'est exactement mon idée et ce qu'il nous faut, confirme Gabriel. Inès, tu seras avec moi : on se concentrera sur les nouveautés pour la confiserie et on créera une tablette de chocolat pour le concours. Audrey, je m'appuie sur toi pour épauler Max.

Le Suédois se relève soudain et écarquille les yeux.

— Pardon ?

Je me fige également. L'ours suédois et moi ? Faire équipe ? Seuls dans une pièce ?

— Oui. Je veux que tu me proposes à ton tour trois chocolats spécialement conçus pour le concours. Fais plusieurs essais, on discutera tous les quatre de ce que chaque duo aura imaginé.

— C'est de la folie, soupire Inès. Ce n'est pas comme si on n'avait pas assez de boulot.

— Le salon est en février, on peut tout faire. Nous allons préparer le concours, mais n'oublie pas que les nouveaux produits que nous leur proposerons seront commercialisés par la suite via l'atelier. C'est une pierre, deux coups, ma chérie.

Maximilian se pince l'arête du nez, il s'imagine le même scénario que moi : travailler ensemble va être une rude épreuve.

— Un problème ? le questionne Gabriel.

— Non.

— Très bien.

Le grand blond se tourne ensuite vers moi et m'adresse la parole contre son gré :

— Ça va être beaucoup de boulot et un rythme difficile à tenir, les prochaines semaines. Inès n'a pas tort, tu devras, tout comme elle, jongler entre ton poste et mes demandes. Le mieux est que, tous les après-midi, tu me réserves un créneau de minimum deux heures. Il faut absolument que tu suives les règles et que tu m'écoutes. Si tu es là pour m'aider, je dois avoir ton entière attention. On commence demain, 13 heures. Ne sois pas en retard.

Inès et Gabriel s'échangent, encore une fois, un regard amusé, et je réponds ce qu'il me passe par la tête :

— J'essayerai d'être à l'heure, mais je ne te promets rien. Il est vrai que la circulation entre la salle de repos et votre cuisine est parfois difficile après le déjeuner !

Le couple s'esclaffe cette fois-ci, tandis que Max me dévisage, sans aucune réaction. Il met ensuite un terme à notre discussion en me tournant le dos.

— Tout est dit. J'ai du boulot.

Est-ce que tous les Suédois sont insensibles à l'ironie ou uniquement Maximilian Johan ?

***

Le lendemain, dès la première heure, j'ai, pour la première fois depuis quelque temps, une petite boule au ventre. Je commence aujourd'hui à travailler avec Max pour le concours. Je fais le point sur l'ensemble de mes tâches de la matinée et essaye d'oublier ce qui m'attend l'après-midi. Je déjeune dans mon bureau tout en répondant à des e-mails, je dois optimiser mon planning dorénavant, si je ne veux pas prendre du retard à cause de la préparation du salon. Puis, peu avant 13 heures, je m'installe dans la cuisine que Gabriel nous a affectée. Je pianote sur mon téléphone lorsque Max arrive. Une odeur de café l'accompagne. Il franchit le seuil de la porte sans un regard, l'air sérieux. Il faut qu'il se détende ! Cette image d'homme solitaire, brusque, qui fuit toute relation avec autrui, ne peut pas être de naissance. Il y a quelque chose sous sa carapace de Viking. C'est impossible de vivre dans un lieu aussi beau et de faire la tronche à temps complet. Toujours sans me regarder, il me tend un balai ainsi qu'une petite pelle. Je scrute le sol de la cuisine et saisis immédiatement qu'il me teste. Il s'attend à ce que je m'indigne, mais je le fixe en attrapant le manche, un grand sourire sur les lèvres. Même pas peur ! Pendant que je fais le tour de la pièce, Max a reçu de son côté une livraison de sacs de grains et commence à les empiler avec soin dans un coin, en fronçant les sourcils. Je ramasse le peu de saleté avec la pelle, me dirige vers la poubelle.

— J'ai fini.

— Dans l'évier, il y a des choses à laver, m'ordonne-t-il, toujours sans croiser mon regard.

Je ravale ma fierté et abandonne l'idée d'entendre un « s'il te plaît ». Je m'exécute puis, quelques minutes plus tard, je lui annonce une nouvelle fois que j'ai terminé ma tâche. Maximilian se retourne et vient à ma rencontre. Il inspecte le sol ainsi que la vaisselle sur l'égouttoir.

— Tu fais une bonne femme de ménage, voisine. C'est bien propre, tout ça.

Cette fois, les bras m'en tombent. Pour qui me prend-il ? Je me plante devant lui, bien droite, et je déclare froidement :

— Je m'appelle Audrey. Je peux porter un badge ou l'écrire sur mon front si besoin. Arrête de m'appeler « voisine ». Bon. Quand est-ce que les choses sérieuses commencent ?

Il se mord la lèvre inférieure et je ne sais pas s'il se retient de rire nerveusement ou de m'envoyer bouler. Une chose est sûre : il ne supporte déjà plus ma présence. J'ai envie de lui demander ce que je lui ai fait ou pourquoi il a accepté que je fasse équipe avec lui. Mais je prends sur moi et conserve une attitude professionnelle.

— Tu n'es pas en tenue de travail, soupire-t-il finalement. Tu devrais enfiler quelque chose de moins… sexy.

J'analyse mes vêtements et déclare, déconcertée :

— Je porte un chemisier, c'est une tenue convenable et confortable.

— On ne met pas ce genre de truc pour cuisiner, réplique-t-il en me regardant enfin droit dans les yeux. Tu me vois en chemise, peut-être ?

Je me perds dans son regard bleu glacier et dis tout haut le fond de ma pensée :

— Non, mais tu devrais. Je suis certaine que tu aurais l'air moins grincheux.

Max se passe une main sur le visage puis me tend l'un de ses tabliers blancs :

— Demain, prévois autre chose, tu seras plus à l'aise. Mais attache-toi au moins les cheveux ! Et que ça saute !

Je fais un pas en arrière et m'exécute aussitôt :

— Grincheux, grossier et égocentrique. On commence bien, Maximilian Johan.

Chapitre 7

Audrey

— Voilà notre pâte de cacao.

Maximilian pose plusieurs bocaux transparents sur la gigantesque table en inox qui domine la cuisine et me demande :

— Tu t'y connais un peu en chocolats ou pas du tout ?

— Je sais que les meilleurs fournisseurs de cacao se trouvent au Mexique, dans certains pays d'Amérique du Sud et d'Asie, mais surtout sur le continent africain puisqu'il couvre à lui seul 70 % de la production mondiale. J'ai récemment lu également que les Français consomment en moyenne sept kilos de chocolat par an et par personne !

Le Suédois sort un carnet de notes de son tablier et va chercher des ustensiles dans plusieurs tiroirs. Il revient dans ma direction en levant les yeux au ciel.

— Et sinon, sans parler chiffres, madame l'acheteuse de la société ?

— Tu parles du processus de fabrication ? Genre de la petite graine de cacao à la boîte de Ferrero Rocher que je me tape le soir devant la télé ?

Cette fois-ci, contre toute attente, Maximilian s'esclaffe

en jetant la tête en arrière. Mon cœur fait un bond : c'est la première fois que je l'entends rire. Il reprend rapidement ses esprits en se raclant la gorge.

— Oui. Sais-tu comment on fabrique du chocolat, Audrey ?

Je fais non de la tête, toujours surprise – ou plutôt choquée – de l'avoir fait rire.

— Eh bien, le cacaoyer a des fruits appelés cabosses, c'est dedans qu'il y a les graines de cacao, commence-t-il.

J'écoute attentivement ses explications pendant qu'il répartit la pâte de cacao dans différents bols.

— Les producteurs extraient ces graines des cabosses et les couvrent afin de les laisser fermenter naturellement. Cette étape permet aux arômes du cacao de se développer. Ensuite, les graines brunissent et deviennent des fèves. Dans les pays producteurs de cacao, les graines sont séchées au soleil pendant environ deux semaines, puis triées et soigneusement nettoyées à la brosse. Après quoi, les fèves sont concassées et débarrassées de la coque qui les protège. L'étape suivante est pour moi la plus importante : la torréfaction. Elle consiste à griller les fèves entre 100 et 140 °C pendant une trentaine de minutes pour permettre de révéler les goûts contenus dans les fèves. Puis on les broie pour en faire une pâte de cacao, comme ici.

Maximilian me tend un bol avant de continuer à aligner différents ustensiles sur la table.

— Cette pâte, on va la travailler et la mixer avec du sucre et du lait jusqu'à ce qu'elle soit homogène. On obtient ainsi du chocolat. Le chocolat, lui, passe ensuite par plusieurs stades de température, ce qu'on appelle le tempérage, et c'est uniquement après qu'il peut être mélangé à d'autres ingrédients, comme des noisettes, des amandes, de la noix de coco, de la vanille, de l'orange, des cranberries… La dernière étape est le moulage et la confection de nos chocolats.

J'essaye tant bien que mal de rester attentive à toutes les informations qu'il débite, mais mon regard s'attarde sur lui, à la recherche d'un indice. Cet homme est passionné par son métier, il aime indéniablement son travail, alors comment peut-il être aussi grognon ? Maximilian Johan porte ce matin un jean, des boots et un pull à capuche noir sous son tablier de chocolatier. Ses cheveux blond scandinave, presque blancs, sont sens dessus dessous, mais sa beauté, soulignée par ses iris bleu glacier, est frappante. Je continue de l'observer en laissant mon regard glisser sur sa silhouette. Il est grand, ses épaules sont celles d'une personne qui fait de l'exercice. Je l'imagine bien courir dans les rues suédoises enneigées, rien qu'en short et torse nu. C'est ce qu'ils font dans les pays nordiques, non ?! Mon exploration se poursuit, je cherche d'autres détails qui m'auraient échappé ou que l'on ne m'aurait pas donnés.

Tout à coup, Maximilian lève les yeux et surprend mon regard. Je devrais me détourner, mais je résiste quelques instants. Mon cœur s'emballe, le sien aussi : sa respiration se bloque puis se fait de plus en plus irrégulière, tout comme la mienne. Il fronce les sourcils, semble à la recherche de mots pour m'attaquer, mais je brise cet échange la première. Je dirige à présent mon attention vers le bol entre mes mains :

— Dans cet atelier, vous commencez à l'étape de la torréfaction.

— Exactement.

Sa voix s'éraille, mais il se ressaisit, comme si de rien n'était.

— On souhaite créer nos chocolats à partir de cette étape, car ils ne sont pas destinés aux grandes surfaces. Nos produits seront servis dans des palaces, vendus dans des salons de thé ou offerts comme cadeaux à Noël ou Pâques par exemple. Gabriel vise la qualité et veut proposer des produits de luxe.

— C'est génial. Merci de partager avec moi toute cette procédure.

— Je l'ai uniquement fait, parce que j'ai besoin que tu comprennes l'importance de toutes les étapes. Au boulot, maintenant. Je m'occupe de la pâte de cacao pendant que tu prépares les ingrédients qui nous permettront de tester les premiers essais de chocolats.

Maximilian va chercher des boîtes hermétiques, des contenants vides, un couteau, un casse-noix et une planche. Il dépose le tout devant moi, avec trois sacs en tissu de fruits secs.

— Commence par préparer les noix, les noisettes et les amandes.

— OK, chef.

Je m'affaire aussitôt, pendant qu'il se dirige vers ce que je devine être la chocolatière, pour mixer et mélanger la pâte de cacao. Quelques minutes plus tard, une question me traverse l'esprit :

— Tu ne rentres pas en Suède pour passer Noël en famille ?

Il hausse les épaules, imperturbable :

— Je ne vais pas lâcher Gabriel pendant les fêtes.

— Je sais, mais tu n'as pas pensé à faire un aller-retour la semaine prochaine ? Comme l'avait prévu initialement Inès en venant ici la première fois.

— Elle habitait Paris, pas Stockholm.

— C'est combien de temps en avion ?

Maximilian souffle, probablement exaspéré par mes questions, mais me répond tout même :

— Entre quatre et six heures, ça dépend des escales. Il n'y a pas de vol direct depuis Lyon.

— Ta famille ne te manque pas ?

Cette fois, il ferme les yeux en prenant une profonde inspiration :

— La cuisine, c'est de la discipline et de la concentration. Pas du bavardage.

— Je ne bavarde pas, je m'intéresse à toi. Pour mieux comprendre pourquoi tu ressembles plus à un ours qu'à un être humain.

— Pardon ? s'exclame-t-il en se tournant vers moi.

Je n'ose pas le regarder droit dans les yeux et réponds d'une voix posée :

— Oui, tu sais… les ours sont considérés comme des êtres solitaires, sans manière. Bon, je te l'accorde, on est loin de la ressemblance physique : tu n'as pas un long museau, un pelage dense, des pattes à cinq griffes ou une queue courte. Quoique, la queue, on ne peut pas savoir…

— Audrey ! braille-t-il d'un air choqué lorsqu'il entend ma plaisanterie. Concentre-toi !

Je sursaute et rougis en même temps, car je réalise ce que viens de dire. Je me défends comme je peux, la voix tremblante :

— Oh, ça va, tu ne peux pas te détendre un peu ? J'ai l'impression de tout le temps marcher sur des œufs avec toi. On ne t'a jamais appris à plaisanter ?

— Ce n'est pas le moment de parler de choses

personnelles ni de plaisanter.

— Non, mais attends, on n'est pas obligés de se faire la tête tout l'après-midi !

— Tu parles trop…, murmure-t-il. Je ne sais vraiment pas comment les gens font pour te supporter.

— Et toi, tu ne parles pas assez. J'essaye juste de devenir ton amie.

— Tu es là pour m'aider pour le salon d'Annecy, pas pour qu'on devienne amis.

— Oh, c'est vrai…, dis-je en riant tandis que je pose mon casse-noix sur la table. Ni amis ni intimes, n'est-ce pas, Maximilian Johan ? Qu'est-ce qui te rend si désagréable ? Ma simple présence ?

Rien de ce que j'ai pu faire ou dire jusqu'à présent ne justifie sa façon de me parler. Le Suédois m'observe un long moment, comme s'il voulait m'expliquer réellement ce qu'il se passe. Il finit par grimacer et soupire, une énième fois.

— Je… Laisse tomber, Audrey. Bosse. Point. Ne me fais pas perdre de temps.

Ce n'est pas ce qu'il avait en tête, mais il préfère couper court à notre conversation. Tant pis pour lui. À partir de maintenant, je ne chercherai plus à faire connaissance, encore moins à l'amadouer.

* * *

Après presque deux heures d'un silence quasi total, à décortiquer toutes sortes de fruits secs, je décide que mon temps d'aide quotidienne consacrée au salon est effectué. Je prétexte devoir appeler un potentiel fournisseur et me réfugie dans mon bureau. Les jours suivants passent plus lentement, principalement lorsque je me retrouve seule avec Maximilian en cuisine. Je reste les deux heures prévues, pas une minute de plus. Il veut jouer l'idiot asocial avec moi, je lui rends la monnaie de sa pièce. Le 24 décembre arrive. Inès et Gabriel passent toute la journée à la boulangerie Sucre d'orge. Ils ont installé des tables devant la boutique et accueillent les clients avec des boissons chaudes et de petites dégustations. Je les rejoins vers 15 heures, dès que j'ai fini de préparer des gousses de vanille pour Max. Les clients sont de plus en plus nombreux et la convivialité est si agréable. Presque tous les villageois et touristes qui passent dans le centre-ville s'arrêtent pour échanger avec nous. La plupart rentrent ensuite dans la boulangerie avant de filer se consacrer à leur réveillon de Noël. À 18 heures, je suis surprise de voir Maximilian débarquer. Il se met à côté de moi, un sourire plaqué sur le visage. Il nous aide à servir les habitants de La Rosière et discute avec plusieurs vieilles dames sous le charme de son air suédois angélique. Chose qu'il n'est clairement pas ! Nous restons jusqu'à 20 heures et, après avoir tout rangé, il est l'heure de rentrer.

— Filez, les jeunes, lance Gabriel en se frottant les mains après avoir fermé la boulangerie.

— Seb et Heidi, vos parents vous attendent. Max et Audrey, si vous voulez passer ce soir ou demain, n'hésitez pas ! Vous êtes les bienvenus à la maison.

— C'est gentil, Inès, mais je vais en profiter pour me reposer. Mes patrons sont très exigeants, je suis KO !

La jeune femme éclate de rire. Gabriel le serre dans ses bras.

— Joyeux Noël, mec. Merci pour tout.

— Arrête, tu vas me faire pleurer ! râle le blond en

souriant. Joyeux Noël à vous aussi, amusez-vous bien avec vos familles.

Maximilian ajuste ensuite son bonnet et s'éloigne après un dernier au revoir de la main. Je prends mon temps en discutant quelques instants avec Inès et Gabriel, je n'ai pas envie de le croiser dans le hall de notre résidence.

— Tu es certaine que tu ne veux pas venir ? Nos mères ont préparé un dîner pour tout le village !

— Merci, Inès, mais je préfère vous laisser avec vos proches. Je passe Noël toute seule depuis bien des années, tu sais. Ce n'est pas quelque chose que je fais en famille.

Mon amie fait la moue en me prenant dans ses bras pour la première fois. Gabriel pose ensuite une main sur mon épaule et baisse mon bonnet sur mes yeux. Je rigole en le réajustant.

— Tu es un très bon élément de notre équipe, me complimente mon patron. Sache que nous sommes ravis de t'avoir parmi nous.

— C'est réciproque. Même si le Suédois n'a pas l'air de partager notre avis, mais ce n'est pas grave.

— Il finira par s'y faire, sourit Inès en me faisant un clin d'œil.

Nous nous quittons ensuite et je passe récupérer ma commande dans un restaurant savoyard. En effet, j'ai prévu une tartiflette accompagnée d'une bouteille de rosé. Noël est également magique à mes yeux. Ce n'est pas parce que je le passe seule depuis longtemps que je refuse de me faire plaisir et que je ne m'achète pas de cadeaux. J'ai même hâte, plus tard, d'avoir des enfants afin de leur offrir des Noëls inoubliables, chose que je n'ai jamais eue de la part de mes parents.

Chapitre 8

Audrey

Après une bonne douche, j'enfile mon pyjama de Noël préféré, une robe de chambre et une paire de chaussettes bien chaudes. Cette année, à cause de mon déménagement, je n'ai pas eu le temps d'acheter un sapin ni de décorer mon appartement. Mais je me suis offert un gigantesque téléviseur à écran plat. À Lyon, la télé appartenait à mon ancien propriétaire, j'en ai donc acheté une pour la toute première fois. Je me réfugie dans ma kitchenette, enfourne la tartiflette et prépare mon mets de réveillon qui inclut également du saumon fumé, un œuf mayo et de petites crevettes.

Je suis en train de couper un foie gras en tranches, lorsqu'on sonne à la porte. Est-ce que Mme Flory, ma voisine, aurait besoin de quelque chose ? Je me précipite pour ouvrir et regrette aussitôt mon pyjama de Noël, de même que ma robe de chambre en pilou. Maximilian est sur le pas de la porte, en chemise blanche, parfaitement coiffé, parfumé, un cabas tressé dans les bras. Il me dévisage de la tête aux pieds et ne prend même pas la peine de retenir son rire moqueur. Heureusement, je me suis lavé les cheveux.

— Bonsoir, voisine.

Je me racle la gorge comme si de rien n'était et tente tant bien que mal de cacher mon embarras.

— Maximilian Johan, vous vous êtes trompé de porte. Il n'y a aucune soirée ici.

— Apparemment si, rétorque le Suédois d'un air narquois. Une soirée pyjama !

Je soupire, il commence sérieusement à m'agacer.

— Qu'est-ce que tu veux ?

— Faisons une trêve de Noël, propose-t-il d'une voix étrangement posée.

Mon cœur fait un bond et je bats des cils plusieurs fois. Qu'est-ce qu'il raconte ?

— Pardon ?

— Un cessez-le-feu rien que ce soir. Qu'en penses-tu ?

— Un cessez-le-feu ? Je ne suis pas en guerre, c'est tout simplement toi qui n'es pas aimable.

Je lis sur son visage une expression qui me surprend, une nouvelle fois : il est sérieux. Sincère. Il veut vraiment rentrer et passer la soirée avec moi.

— Nos familles vivent à des milliers de kilomètres. Tu es seule, moi aussi, alors que l'on se connaît et qu'un simple étage nous sépare.

— Qui t'a dit que j'étais seule ?

Je croise les bras et prends un air hautain, quelque peu vexée.

— Ta tenue vestimentaire te trahit. Pas mal les chaussettes bonhomme de neige, d'ailleurs !

Je resserre ma robe de chambre, je me méfie de ce nouveau Suédois devant moi. Je l'observe quelques instants. Son sourire malicieux me met la puce à l'oreille : il essaye de me berner, il vient tout simplement me narguer pour ensuite m'humilier. C'est la seule explication, mais je ne me ferai pas avoir. Je recule et, alors que je m'apprête à lui claquer la porte au nez, Max tend un bras musclé pour m'en empêcher.

— Audrey, je ne plaisante pas.

L'entendre prononcer mon prénom, avec son accent scandinave, me provoque des frissons derrière la nuque. C'est sûrement un courant d'air et non l'effet de mon voisin blond-aux-yeux-bleus-super-canon-en-chemise !

— Pourquoi devrais-je accepter de passer le réveillon de Noël avec toi ? Tu me fais comprendre tous les jours que tu en as assez de me supporter à l'atelier.

Il sourit puis force le passage en entrant dans mon appartement. Alors que je referme la porte et verrouille derrière moi, Max se dirige déjà vers ma cuisine.

— Audrey, voyons. Si les troupes allemandes, britanniques, françaises et belges ont été capables de faire une trêve à Noël lors de la Première Guerre mondiale, toi aussi, tu peux le faire avec un simple Suédois.

Je suis bouche bée face à cet homme en train de vider son cabas sur ma table. Il sort une bouteille de champagne, deux petits plats, plusieurs Tupperwares et divers DVD.

— J'ai même ramené toute la collection des *Maman, j'ai raté l'avion* et *La Course aux jouets*.

Je plisse les yeux, immobile, face à lui.

— Excusez-moi ? Qui êtes-vous ? Où est Maximilian Johan ? Vous savez, l'ours grincheux qui rôde dans le village en prétendant être chocolatier.

Il laisse échapper un rire et jette un coup d'œil dans ma direction.

— Tu peux m'appeler Max.

— Quoi ?!

Je m'avance vers lui et me réjouis théâtralement :

— Ah, ça y est ? Tu as enfin décidé de m'intégrer dans le cercle des intimes !

— Non, répond-il en me pointant du doigt. Même pas en rêve. Disons que c'est inclus dans le package « trêve de Noël ».

C'est à mon tour de m'esclaffer. Il sourit de nouveau.

— Qu'est-ce que tu as dans le four ? Ça sent bon.

— Je réchauffe ma tartiflette.

— Pas mal.

Maximilian prend ensuite tout son temps pour me montrer ce qu'il a apporté.

— Voici ce que l'on mange en Suède. J'ai préparé des köttbullar, ce sont des boulettes de viande avec un petit goût presque sucré et épicé avec du poivre de Jamaïque. J'ai fait un gratin de pommes de terre aux anchois marinés, le Janssons frestelse.

— Euh…, dis-je en grimaçant. Des anchois marinés ?

— On ne juge pas avant de goûter, rétorque-t-il en faisant mine de se vexer. Là, j'ai des mandelmussla, un dessert de Noël typique de chez nous : des tartelettes à l'amande recouvertes de crème fouettée et de confiture. J'ai également pris des kanelbulle à l'atelier.

Toutes ces spécialités me sont inconnues, je n'en connais aucune, à part les roulés à la cannelle vendus à la boulangerie Sucre d'orge.

— Alors ? reprend Maximilian en me fixant. On partage notre repas de Noël ?

Je fronce le nez puis acquiesce.

— Oui, mais donne-moi deux minutes. Je reviens tout de suite.

Je m'éclipse dans ma chambre à toute vitesse et cherche dans mon placard quelque chose de plus correct à porter. J'enfile un legging noir ainsi qu'une robe pull rouge. Je jette un regard dans mon miroir : cheveux mi-lisses, mi-ondulés, aucune trace de maquillage et mes taches de rousseur qui ressortent sur mon nez. Ce n'est pas fameux, tant pis ! C'est déjà mieux qu'il y a quelques secondes ! Je retourne dans le salon, Maximilian a commencé à tout préparer sur la table basse.

— Ça ne vaut pas ta belle chemise, mais au moins, je ne suis plus en pyjama.

Il lève son regard vers moi, cherche ses mots et finit tout simplement par sourire.

— Ça ne te dérange pas qu'on mange ici ? Comme ça, on peut lancer un premier DVD.

— Bien sûr.

Nous préparons la petite table avec mes entrées dans un premier temps, puis ouvrons une bouteille de rosé. Maximilian s'installe sur mon canapé et je lance le premier film de la famille McCallister. Nous n'osons pas trop parler au début, mais la grande bavarde que je suis lui demande au bout d'un moment :

— Pourquoi avoir choisi ces DVD ?

— C'est une tradition avec mes sœurs.

Max sourit et pose son assiette sur ses genoux.

— On les regardait toujours à Noël. Aujourd'hui, elles sont mariées et mamans, mais je sais qu'elles continuent de le faire avec mes neveux.

Soudain, je comprends pourquoi il est venu ce soir :

— C'est la première année que tu passes Noël tout seul.

Il marmonne en croisant les bras un « ouais », puis

soupire. Je souris et lui donne un coup dans l'épaule. Ce geste, d'ordre amical en règle générale, me provoque une nouvelle fois des frissons. Je l'ai touché naturellement, comme si nous étions amis. Maximilian me dévisage aussitôt, le regard pétillant malgré lui. Il est tout aussi surpris. Mon voisin ravale sa salive et me demande :

— Et toi, quelles sont tes traditions à Noël ?

— Je n'en ai pas.

— Arrête, tout le monde a un truc qu'il ne fait qu'à Noël ! Qu'est-ce que tu fais d'habitude avec ta famille ? Ça peut-être un plat ou…

— Je n'ai pas de famille.

— Oh, je ne savais, je suis…

Je souris puis prends une dernière petite tranche de foie gras pour finir mon bout de pain.

— Ne fais pas cette tête, je ne suis pas orpheline. Je suis tout simplement fille unique et mes parents ont déménagé quand j'avais 18 ans.

— Et les fêtes de fin d'année, tu les passes avec qui ? Tes grands-parents ?

— Non. Eux sont bien décédés. Je n'ai pas de famille, mes parents sont des personnes solitaires qui ne vivent que pour leur couple. Ils ont déménagé peu après mon bac. Je me suis retrouvée seule, à chercher un boulot pour continuer mes études et payer mes dépenses.

— Je suis désolé.

— Oh, ne le sois pas. Au début, je ne comprenais pas, je passais Noël chez des copines et sortais en boîte pour le Nouvel An. Mais nous avons toutes grandi, on s'est éloigné les unes des autres. Cela fait longtemps que je me retrouve en tête à tête avec moi-même durant les fêtes, ça ne me dérange pas. Je sais qu'un jour, j'aurai mes propres enfants et je vivrai la magie de Noël avec eux et mon mari.

— Ne me dis pas que tu crois au prince charmant ?! se moque-t-il.

— Non, mais je crois que nous avons tous quelqu'un qui nous est destiné. J'avoue, ce n'est pas simple à trouver et, la plupart du temps, on se plante !

Il éclate de rire et fait oui de la tête.

— Tu as eu quelqu'un récemment ? me demande-t-il en redevenant sérieux.

— Ma dernière relation remonte à l'année dernière, rien de fou. Je m'en suis sortie indemne. Et toi ?

Maximilian hésite un long moment, je comprends que c'est un sujet sensible.

— T'es pas obligé d'en parler.

— Moi, c'est l'inverse.

Sa voix craque et je retiens ma respiration. Il est bouleversé.

— Elle m'a brisé.

— Je suis désolée. Sincèrement.

Il hausse les épaules, puis boit une gorgée de champagne et je ne pose plus de questions. Max a déjà fait un très grand pas vers moi en venant ce soir, je n'insisterai pas pour qu'il se livre davantage. Il le fera un jour, s'il en a envie.

* * *

Maximilian

Audrey est pleine de surprises et beaucoup plus coriace qu'il n'y paraît. Sous ses allures de petite femme d'affaires, elle gère ses relations personnelles comme ses fournisseurs : elle a du cran et ne se laisse pas marcher dessus. Son sourire, sa douceur et son audace me feraient presque du bien, mais je refuse de tomber sous le charme d'une Française. D'où mes tentatives de la maintenir éloignée de moi depuis son arrivée. Nous ne pouvons même pas devenir amis. C'est trop dangereux et incompatible avec mon plan. J'ai promis à Gabriel de l'aider dans le lancement de l'atelier, mais pas de rester définitivement en France. La Suède me manque beaucoup trop, ainsi que ma famille. C'est pour cette raison que j'ai décidé de la rejoindre. Passer le réveillon de Noël seul est mon pire cauchemar. Il y a un an encore, j'étais chez mes parents, avec mes trois sœurs, leurs conjoints, mes cinq neveux et nièces. Elle était là aussi. Mon ex. Tous ces bons souvenirs ont rouvert une cicatrice et j'angoissais à l'idée de me retrouver en solo ce soir. Je ne souhaitais pas me joindre à Gabriel et toute sa famille, cela aurait clairement remué le couteau dans la plaie.

Cette trêve de Noël m'est venue sur un coup de tête et lorsque je me suis rendu compte de ma bêtise, il était déjà trop tard : je frappais déjà à la porte de ma collègue et voisine ! Cependant, notre soirée est une belle réussite. Un vrai moment de partage. Nous discutons de tout et de rien, goûtons à nos plats respectifs. Je fais découvrir à Audrey mes spécialités suédoises. Les tartelettes rencontrent un franc succès, mais elle n'est pas du tout convaincue par le gratin de pommes de terre aux anchois marinés, ce qui me fait rire à en pleurer à cause de ses grimaces. Je ne me souviens pas de la dernière fois où je me suis senti si apaisé et décontracté.

Nous enchaînons les films et, je dois l'admettre, je suis soulagé qu'elle n'ait pas trouvé ridicule cette tradition familiale que je voulais maintenir ce soir. Puis, Audrey s'endort et je termine de visionner le dernier DVD seul. Lorsque le générique de fin apparaît sur l'écran, je me lève pour éteindre la télé. Ma collègue et voisine est toujours endormie. Profondément endormie, même. Je ne sais pas trop quoi faire, plusieurs scénarios se dessinent : je la laisse dormir sur le canapé et pars en douce en claquant doucement la porte derrière moi ou je prends le risque de la mettre dans son lit. Contre toute attente, je n'ai pas envie de partir tout de suite. Je marche jusqu'à sa chambre et tire la couette de son lit. Je reviens dans le salon et soulève Audrey dans mes bras délicatement. Je ne veux surtout pas qu'elle se réveille. Elle niche son visage dans mon cou, mon pouls s'accélère… Sa lente respiration caresse ma peau. Ses cheveux sentent les amandes et le beurre de karité. Mes narines de chocolatier ne se trompent jamais ! Je me dirige timidement vers son antre, sans faire de bruit, la couche et la recouvre soigneusement.

Et maintenant ? Est-ce que je rentre ? Va-t-elle mal le prendre ? Est-ce que je peux dormir sur son canapé ? Et moi, qu'est-ce que je veux ? Rentrer ou rester ? Après quelques minutes de réflexion, je referme lentement sa porte puis me couche sur son divan, emmitouflé dans le plaid. Demain matin, je trouverai une excuse pour avoir dormi chez elle. J'essaye de me convaincre que notre cessez-le-feu, en cette belle nuit de Noël, me donne le droit de rester.

Chapitre 9

Audrey

Lorsque j'entrouvre les paupières, je réalise que je suis sous ma couette, vêtue de mon legging et de mon pull, ce qui n'est clairement pas dans mes habitudes. Mon téléphone indique « 9 h 23 ». Je réfléchis au déroulement de la soirée, la veille : réveillon de Noël, Maximilian, spécialités suédoises, dessert, champagne, DVD… Je ne me souviens pas d'avoir rejoint ma chambre ! Ou d'avoir dit au revoir à mon voisin !

Je bondis hors de mon lit, le cœur battant la chamade, et me précipite dans le salon. Mon rythme cardiaque rate un battement, mes pieds se figent. Un des plus beaux spécimens – je dois l'admettre – masculins, blond et suédois, dort sur mon canapé. Il est sur le dos, les deux mains sous la nuque, mon plaid sur lui. Un nœud se forme dans ma gorge, j'écarquille les yeux sans savoir quoi faire. Est-ce que je le réveille ? Dois-je retourner me coucher ? Alors que je m'apprête à marcher à reculons jusqu'à ma chambre, mon collègue et voisin sent ma présence. Il s'éveille lentement, mais dès qu'il m'aperçoit, il sursaute et se redresse. Nous nous fixons quelques instants, dans un silence qui semble interminable et très dérangeant. Mon pouls pulse au niveau de ma gorge à présent, comme si je venais de courir un marathon. Lequel de nous va parler en premier ? Ai-je en face de moi Max le voisin sympa ou mon collègue grincheux et misanthrope ? Il jette un coup d'œil autour de lui, puis se passe une main sur le visage.

— Je ne pouvais pas partir, explique-t-il. Je ne pouvais pas verrouiller la porte, ce n'était pas prudent.

— Oh… Eh bien… merci.

Je reste immobile pendant qu'il se lève, plie le plaid et se dirige vers la cuisine. Il commence à ranger ses affaires et je débarrasse la table basse. Toujours dans un mutisme embarrassant, je l'aide à tout placer dans son sac. Le Suédois enfile ensuite ses chaussures, puis rejoint la porte d'entrée.

— Max ?

Il se retourne et fronce les sourcils.

— Je peux continuer à t'appeler Max, hein ?

Il met les mains dans ses poches, son regard se voile. Il semble réfléchir puis hausse les épaules sans réellement savoir quoi me répondre. Je suis perturbée – et attristée – par sa réaction.

— Pourquoi es-tu venu hier soir ? Pourquoi es-tu resté cette nuit ? Cette trêve, tu l'avais prévue depuis combien de jours ?

— Oh, non, soupire-t-il. Toi et tes questions. Je savais que j'allais le regretter… C'était une erreur, ne te fais pas de films. Rien n'a changé.

— Ne dis pas ça, on a passé une très belle soirée. Alors, réponds-moi. Tu comptais venir depuis quand ?

— J'ai…, bégaye-t-il. J'ai réagi sur un coup de tête, OK ? Je me suis habillé en cinq minutes, j'ai tout mis dans mon cabas et je suis descendu. Quand j'ai sonné chez toi, j'allais faire demi-tour, mais tu as ouvert avant. Tu n'aurais peut-être pas dû, Audrey.

— Ah ! Ça va être ma faute maintenant ? J'hallucine ! Je ne te comprends pas.

— Il n'y a rien à comprendre.

Tandis que je gonfle mes poumons pour rétorquer, nos téléphones bipent quasiment en même temps. Je prends mon smartphone resté sur le plan de travail toute la nuit et lis :

De : Inès
À : Audrey
Bonjour et joyeux Noël ! Ça te dit de te joindre à nous pour l'apéro vers 11 heures ? Nos familles aimeraient bien rencontrer notre nouvelle recrue. Je peux venir te chercher sans souci.

Je lève les yeux de mon écran et me demande si Maximilian a reçu la même invitation.

— Inès ou Gabriel ? Pour un apéro ?

— Ouais.

Il me fixe, étonné. Il range son téléphone en secouant la tête et s'apprête à quitter mon appartement.

— Tu y vas ? Chez Gabriel, je veux dire.

— Aucune idée.

— Peut-être qu'on peut s'y rendre ensemble, je ne sais pas où ils habitent. Je n'ai pas envie de déranger Inès pour venir me chercher.

Il soupire, agacé. L'ours est bel et bien de retour. Je lève les bras au ciel et lui fais signe de partir.

— Tu sais quoi, laisse tomber. Je n'y vais pas, je ne connais personne de toute façon. Merci d'être resté cette nuit, tu aurais pu me réveiller, mais ça me touche ce que tu as fait. C'est la preuve que, sous cette carrure de Viking, il y a quand même un minimum de bienveillance. En revanche, ne te pointe plus jamais avec une bouteille de champagne et des spécialités de ton pays, pour ensuite me faire le coup du « c'était une erreur, bla-bla-bla ». On se lie d'une infime amitié ou on reste strictement professionnels. Je ne jonglerai pas entre les deux. Pas avec toi.

Max pose la main sur la poignée et grogne sans même prendre la peine de me regarder :

— On s'attend dans le hall de la résidence. Dans une heure.

Le Suédois ferme ensuite derrière lui et je lâche un long soupir. Il est vraiment compliqué à cerner. Je me fais un grand café, enfile une veste, puis ouvre la porte-fenêtre afin de me réfugier sur le balcon. L'air frais en ce jour de Noël me fait frémir, mais m'apaise après l'ascenseur émotionnel de ces douze dernières heures. Appuyée contre la rambarde, je me laisse bercer par le chant du ruisseau qui coule lentement et admire les montagnes enneigées qui nous entourent. Je ne peux pas m'empêcher de revivre ma soirée en boucle. Sur le coup, je n'ai certainement pas saisi le sens du message qu'il voulait me faire passer. Est-ce qu'il y avait un sous-entendu à comprendre ? Est-ce que je n'ai servi qu'à combler un vide dans son réveillon de Noël ? Monsieur était trop triste pour rester seul, alors il a décidé d'envahir mon espace personnel. Hier soir, je croyais sincèrement avoir brisé la glace dans son regard nordique, avoir enfin réussi à adoucir la bête. Mais je pense que la situation a finalement empiré :

maintenant, je lui en veux. Je savais que lui claquer la porte au nez était la réponse la plus prudente. Pourquoi l'ai-je laissé entrer, bon sang ?!

* * *

Un peu moins d'une heure plus tard, j'attends patiemment Maximilian dans le hall de notre résidence. Il me rejoint peu de temps après, enveloppé lui aussi dans un manteau chaud, un bonnet sur la tête et une écharpe parfaitement nouée autour du cou lui permettant d'y cacher son nez.

— On y va. Ce n'est pas très loin.

Je le suis sans un mot et nous marchons, comme à notre habitude, en silence. Nous traversons une partie du centre du village, puis montons vers les montagnes. J'aperçois au loin les remontées mécaniques ouvertes et je suis surprise de constater autant de monde sur les pistes, un 25 décembre. Nous nous engageons dans une allée parallèle à une route enneigée, puis je me retourne. Nous avons une vue imprenable sur La Rosière, nichée au milieu des sommets glacés. Les touches de couleurs des décorations de Noël rendent cette carte postale magique. Lorsque je reprends mon chemin, Maximilian m'attend un peu plus haut, non loin d'un petit carrefour. Je m'empresse de le rejoindre et découvre derrière lui une dizaine de chalets isolés. Nous nous engageons à gauche et nous arrêtons au niveau de la quatrième maisonnette en bois.

— C'est ici, me fait savoir Maximilien en appuyant sur la sonnette du portillon.

Gabriel sort et nous ouvre aussitôt en s'exclamant :

— Oh ! Vous êtes là !

— Ouais, désolé. On a oublié de vous prévenir.

Nous le rejoignons et il nous débarrasse aussitôt de nos affaires.

— Max et Audrey sont venus ! annonce-t-il à ses proches dans une autre pièce.

Je suis hypnotisée lorsque je rentre dans le chalet. Au milieu d'une ambiance mi-moderne, mi-savoyarde, un majestueux sapin orné de décorations dorées et blanches domine le salon. Des bougies sont posées sur le rebord de la cheminée, ainsi que toutes sortes de bibelots de Noël : un bonhomme de neige, un sapin doré, un Casse-Noisette ou encore un joli traîneau en bois. Mon boss nous fait signe de le suivre et nous entrons dans la salle à manger où une gigantesque table est dressée, avec une magnifique vaisselle en porcelaine blanche. Un chemin de table rouge et un centre de table traditionnel avec de grandes bougies argentées complètent l'ambiance. La pièce donne sur une cuisine américaine en chêne clair. Plusieurs personnes nous fixent, Inès s'empresse de nous saluer :

— Bienvenue ! Comment ça se fait que vous veniez ensemble ?

— On s'est croisés dans le village ce matin, répond aussitôt le Suédois. On s'est rendu compte qu'on avait reçu la même invitation, je l'ai donc accompagnée. Tu n'allais pas te déplacer exprès.

Je me retiens de lui lancer un regard noir, me force à sourire. Inès me fait la bise et je la remercie de m'accueillir chez elle. Elle me fait ensuite une rapide présentation de leurs proches : ses parents, son frère, sa belle-sœur, ses neveux et ses beaux-parents. Il y a également sa meilleure amie et sœur de Gabriel, Rose, accompagnée de son mari Thomas et de leur petite fille de 6 mois, Eléa. Nous sommes si bien reçus ! Gabriel nous tend aussitôt deux Kir Royal et nous trinquons aux fêtes de fin d'année. Je me rapproche de Rose – m'éloignant volontairement de Maximilian – afin de complimenter sa fille. Je chatouille ses pieds minuscules et la petite princesse gazouille.

— Que tu es belle dans ta jolie robe rouge !

— Merci, me sourit la meilleure amie d'Inès.

— Alors, ce réveillon de Noël, ça a été ? demande Gabriel à son ami.

— Euh, oui, répond Max, manquant s'étouffer en buvant une gorgée de son verre. Tranquille, je me suis endormi devant la télé, j'étais crevé.

Je me raidis, mais essaye de me distraire avec Eléa. J'avais espoir qu'il dirait la vérité, toutefois il ne le fera pas. Il préfère oublier du début à la fin notre soirée. À mon tour.

— Et toi, Audrey ?

— Oh, moi, j'ai mangé un petit festin : foie gras, saumon, crevettes et tartiflette ! Tout ça avec un bon rosé, puis du champagne pour accompagner ma bûche. Et je me suis endormie après deux films de Noël mielleux !

Gabriel, Inès et leur famille rient, tandis que Max ne bronche pas. Cependant, je vois dans mon champ de vision un rictus se former sur ses lèvres.

Eh oui, mon coco ! Si hier soir était un cessez-le-feu, ce matin, je te déclare officiellement la guerre.

Après un excellent moment de partage autour de petits fours, verrines et toasts, Inès et Gabriel insistent pour que l'on déjeune avec eux. Nous acceptons tous les deux. Max et moi sommes malheureusement assis l'un à côté de l'autre, aussi, je fais tout pour l'ignorer. Le blond en fait de même, aucun de nous ne cède : nous ne nous adressons pas la parole, nous ne nous touchons pas. Pourtant, ce n'est pas l'envie qui me manque de lui écraser le pied sous la table ou de lui planter ma fourchette dans les côtes ! À la guerre comme à la guerre ! Mais il faut s'accommoder des circonstances, si difficiles soient-elles.

Chapitre 10

Maximilian

Je dois l'admettre, cela m'a fait un bien fou de passer le jour de Noël chez Gabriel et Inès. Leur esprit de famille, très ressemblant au mien, m'a finalement apaisé. Même si Audrey était là et que j'ai tout fait pour ne pas lui montrer à quel point j'ai apprécié notre réveillon en tête à tête. Je lis bien dans sa façon de s'exprimer qu'elle ne peut plus me voir en peinture. C'est mieux ainsi. Le soir, lorsque Gabriel nous a raccompagnés, je lui ai à peine souhaité une bonne nuit et la jeune femme est rentrée dans son appartement sans me répondre. En ce lundi 26 décembre, je reprends la route de l'atelier. Arrivé devant le bâtiment, j'entends Inès et Gabriel discuter et rire aux éclats dans le hall. Vivre une histoire d'amour comme la leur est ce que tout le monde espère, j'imagine. En plus d'être un couple, ils sont meilleurs amis et travaillent ensemble. Ils gèrent La Maison Gabriel main dans la main et je sais que, même si toutes les idées proviennent des rêves ambitieux de mon boss, c'est sa fiancée qui tient les murs et se bat pour que tout se concrétise à la perfection. Ils font un super duo, peu importe le contexte. Ce type de relation est très rare et ne fonctionne pas à tous les coups. J'en suis la preuve vivante : j'ai essayé, j'ai échoué et je ne recommencerai pas. C'est pour cette raison que je ne dois plus m'approcher d'Audrey.

— Voilà le meilleur chocolatier de Suède ! m'accueille Gabriel dès que je franchis le pas de la porte. Un café ?

— Salut, vous deux. Je veux bien, merci.

Je me débarrasse de mes affaires sur le portemanteau. Inès fronce les sourcils en me pointant du doigt.

— Tu n'as rien à nous dire, par hasard ?

Mon sang ne fait qu'un tour, la panique m'envahit. Audrey lui a-t-elle raconté ?

— Moi ?

Gabriel revient avec une tasse et me la tend en levant les yeux au ciel. Sa fiancée insiste :

— Oui, toi ! Je n'ai pas gobé ton histoire d'avoir croisé Audrey dans le village, hier matin. Alors, comment se fait-il que vous soyez venus ensemble ?

À l'instant où elle finit de poser sa question, la porte du hall s'ouvre à la volée et Audrey rentre dans un courant d'air glacial. Quel *timing* ! J'espère qu'elle n'a rien entendu… Elle s'essuie les pieds, secoue son bonnet à pompon gris, puis retire ses gants duveteux de la même couleur.

— Bonjour !

Ma voisine est de bonne humeur et sourit de toutes ses dents. Inès et Gabriel la saluent tandis que je mets mes mains dans les poches. Elle ignore ce que notre patronne me demandait trente secondes plus tôt.

— Un café ?

— Non, merci, Gabriel. Je viens d'en boire un à la maison. Je file, un apiculteur doit m'appeler à 9 heures.

Audrey passe devant moi et me fait un signe de tête en

me réprimandant :

— Max, bonjour à toi aussi.

Elle ne me laisse pas le temps de rétorquer et tourne les talons pour se réfugier dans son bureau.

— « Max » ? s'étonne Gabriel en écarquillant les yeux.

— Alors comme ça, elle peut t'appeler « Max », mais tu n'as rien à nous raconter ?

Inès pose les mains sur ses hanches et me fixe, un sourire au coin des lèvres.

— Tu as des cadavres dans le placard, dit-elle en partant dans son bureau à son tour. J'en suis certaine !

— Quoi ?!

Gabriel éclate de rire et m'explique :

— Je crois qu'en Suède on dit… Attends, c'est quoi déjà ? Ah, oui ! Tu n'as pas de farine propre dans ton sac ! En gros, ma chère et tendre est convaincue que tu nous caches un truc.

Il hausse les épaules et me donne ensuite un coup de poing dans le ventre.

— Allez, viens ! On a un concours à préparer !

***

Cette dernière semaine de l'année s'annonce compliquée. Je tente tant bien que mal de me focaliser sur les chocolats à préparer pour la boulangerie, mais mes pensées retournent toujours vers Audrey. Pourtant, je m'efforce comme jamais de m'en tenir à une relation strictement professionnelle. Mais c'est compter sans son rire et son énergie folle qui me hantent le soir avant de m'endormir. Les après-midi sont les moments les plus durs : j'apprécie de plus en plus de travailler avec elle. Elle possède une aura apaisante et vibrante en même temps. Pour elle, c'est comme si chaque jour était un cadeau de l'univers, comme s'il fallait vivre avec ferveur et sans prise de tête. Nous travaillons des heures, rien que tous les deux, en cuisine, et les seules phrases que nous échangeons se résument à lui demander de couper un ingrédient ou de mélanger quelque chose. Je suis étonné par la facilité avec laquelle elle s'adapte : il suffit de lui expliquer une fois et c'est acquis. Par ailleurs, Audrey ne cherche plus à faire connaissance, ne pose plus de questions et la distance que j'ai tant souhaité mettre en place entre nous est enfin instaurée. La brune est dorénavant concentrée et cordiale. Pourtant, je ne l'ai pas épargnée depuis son arrivée.

— La canneberge est prête.

— Merci. On va l'incorporer dans ce bol puis faire un moulage.

Je lui fais signe de s'installer à côté de moi, ce qui la surprend. Sans attendre, elle s'exécute et mélange les baies rouges dans le chocolat que je viens de préparer.

— Il faut qu'on réfléchisse au type de produit qu'on aimerait présenter lors du salon. En fin d'année, on a l'habitude de voir un peu partout des chocolats en forme de pères Noël, de bonhommes de neige, rochers, étoiles, sapins… On doit trouver un truc original.

Je sors mon carnet et mon crayon à papier, puis commence à griffonner des idées de moulages.

— J'aimerais bien partir sur des boules de Noël. Mais pas plates, je veux qu'elles soient vraiment rondes. On pourrait faire deux sphères et ajouter le détail du crochet pour les attacher au sapin.

Les représentations dans ma tête prennent peu à peu

forme sur la feuille, les résultats ne sont pas trop mauvais pour un premier jet.

— Qu'est-ce que tu en penses ?

— Moi ? demande Audrey.

Elle semble surprise que j'engage autant la conversation aujourd'hui : en effet, depuis Noël, je ne lui ai pas adressé plus de deux phrases de suite. Mais l'entendre parler me manque. Ce qui est complètement absurde.

— Oui. Tu achèterais ce type de chocolats ?

Je lui montre mon carnet et elle se penche dessus.

— S'ils ne coûtent pas un bras, pourquoi pas. C'est joli.

Je ris, mais me retiens de la regarder droit dans les yeux. Elle pose le bol à côté de mes notes puis dit :

— Et si tu essayais des flocons ?

— Des flocons ?

Je me redresse et me tourne vers elle à présent. Elle lève ses iris noisette vers moi. Une mèche s'échappe de sa queue-de-cheval, je meurs d'envie de la mettre derrière son oreille.

— Oui, des flocons de neige.

Je lui tends mon crayon à papier afin de l'inviter à me montrer. Audrey ne perd pas une seconde, sa joie de vivre reprend le dessus.

— Regarde ! Tu peux même faire un assortiment : certains avec une canneberge au milieu, d'autres avec des écorces d'orange, d'autres saupoudrés de sucre glace. En revanche, je ne sais pas si tu peux en faire des tout fins ou s'il faut une base en dessous. Tu pourrais jouer avec un contraste noir et blanc.

Elle ébauche plusieurs croquis de différents types de flocons de neige qui me surprennent. C'est une très bonne idée.

— Ouais, ça peut le faire. Vraiment.

Elle me sourit, fière de sa participation. Je ne résiste pas, je plonge de nouveau dans son regard et lui réponds avec mon plus beau sourire également. Cet échange est de courte durée, car notre patron rentre la seconde suivante dans la cuisine. Je reprends mes esprits, tel un idiot, me demandant ce qu'il m'arrive. Pourquoi la distance que j'ai tant souhaité nous imposer me dérange-t-elle à présent ?

— Vous avez quelque chose à nous proposer pour le concours ? Tu en es où de tes essais, Max ?

— Oui, tu tombes bien. Je viens d'en discuter avec Audrey. Voici ce que j'ai en tête pour l'instant.

Je lui montre nos pages de brouillon et explique :

— Dans un premier temps, je partirais bien sur des boules de Noël au chocolat au lait, avec des motifs en chocolat noir ou blanc. Je pense rajouter un crochet saupoudré de praline dorée. Ce serait intéressant de tester avec du bourbon ou du cognac.

— Pas mal, acquiesce Gabriel.

— Ensuite, Audrey a proposé des flocons de neige, soit des chocolats plats cette fois-ci. J'imagine du chocolat noir fin et délicat, saupoudré de noix de coco, avec peut-être une touche de cerise par exemple. On peut aussi le faire plus gros, version gianduja noisette et rhum, enrobé de chocolat noir ou au lait et un décor de flocons en chocolat blanc. Ce ne sont que nos premières idées.

— Vous êtes bien partis, je suis même étonné, se moque-t-il. Je ne vous pensais pas capables de créer quelque chose ensemble.

— On sait être professionnels, répond Audrey, confirmant nos différends, ce qui fait rire Gabriel.

— Je vois ça. Eh bien, pour ces deux propositions, il n'y

a plus qu'à réaliser plusieurs essais, afin de marier différentes saveurs et trouver la meilleure recette.

Je fais oui de la tête, il continue :

— De mon côté, je veux essayer de créer des boules de neige en chocolat blanc, avec un cœur tiramisu à l'amaretto.

Gabriel dessine à son tour et l'assemblage de nos différents croquis sur le papier me semble parfait. Nous échangeons tous les deux un regard, pas besoin d'en dire plus.

— On a nos trois chocolats pour le concours, sourit mon ami, les yeux pétillants.

Il pose une main sur mon épaule, fièrement, et fait un clin d'œil à Audrey.

— Vous faites une réunion sans moi ? demande Inès en arrivant.

— Tu tombes à pic ! Donne-nous ton avis.

Gabriel lui expose nos idées, elle semble convaincue.

— Dans tous les cas, ce sont des chocolats qu'on pourra ensuite commercialiser à Noël.

Elle prend une nouvelle page de mon carnet et crayonne :

— Est-ce que, pour le salon, vous pouvez réaliser un grand sapin de Noël comme pièce artistique ? Un truc moderne, mais qui nous permettrait de placer les boules dessus en guise de décoration, ainsi que les flocons. Les boules de neige pourraient être mises au pied de l'arbre. Ce serait notre façon de présenter nos trois chocolats lors du concours.

Inès nous dévisage, dans l'attente d'une réponse de notre part. Audrey lui sourit timidement, tandis que je fixe Gabriel. Il est du même avis que moi, encore une fois.

— C'est la touche finale qui nous manquait.

Il dépose un baiser sur le front de sa fiancée, puis nous

regarde un à un, affirmant avec certitude :

— Nous formons une belle équipe tous les quatre.

C'est son rêve, mais l'aider à le concrétiser en y participant de cette façon me rend fier de mon ami, fier de ce que nous sommes en train de créer et fier de faire partie de La Maison Gabriel.

Chapitre 11

Audrey

Gabriel et Inès organisent chez eux le dîner du 31 décembre. À cette occasion, ils ont convié quelques amis, dont Maximilian, Sébastien, Heidi et moi. Le repas, très convivial, se présente sous forme de buffet. Je fais ainsi la connaissance d'Antoine, un copain d'enfance de Gabriel, et de sa femme, Laura. Il y a également deux autres anciens camarades de mon boss, Geoffrey et Marc. Maximilian est en pleine discussion avec eux, ils parlent sports de glisse et Jeux olympiques.

À mon grand désarroi, il m'est impossible de ne pas remarquer à quel point le Suédois est très élégant ce soir : chemise noire, pantalon de costume gris et une ceinture Tommy Hilfiger. Ses bottines foncées complètent à la perfection sa tenue. Je constate également qu'il s'est coupé les cheveux entre le moment où il est sorti de l'atelier cet après-midi et le moment où il est arrivé ici. Sa tignasse, dorénavant plus courte sur les côtés et le dessus toujours un peu plus long, fait à présent un mouvement comme une vague. J'évite de croiser ses yeux bleu glacier, mais nous nous jetons des coups d'œil discrets l'un et l'autre. Je ne sais pas quel est ce jeu, mais il ne peut être que dangereux… Depuis le lendemain de Noël, Maximilian me parle de plus en plus et cherche à engager la conversation à la moindre occasion, toutefois je ne cède pas. Je ne souhaite pas lui faire de nouveau confiance pour qu'il me rejette comme la semaine dernière. Ce serait tendre le bâton pour se faire battre. Non, merci.

À la fin du repas, Gabriel regarde sa montre et semble surpris lorsqu'il lit l'heure.

— On devrait y aller, il est 22 heures.

Tous aimeraient se rendre dans un certain bar pour le passage à la nouvelle année. Cela ne me dérange pas, au contraire, je rencontrerai sûrement d'autres personnes.

— Déjà ? s'affole aussitôt Inès. Je vais me changer, je ne monte pas dans cette tenue.

Je ne comprends pas sa réaction, elle est magnifique dans sa robe noire à sequins argentés et manches chauve-souris.

— On ne va pas dans un bar ?

— Si, mais en altitude ! me répond-elle en fixant mes pieds. Tu devrais aussi te changer, au moins les chaussures. Viens, je dois avoir quelque chose pour arranger ça.

sInès me fait signe de la suivre et nous rejoignons l'étage. Elle me traîne dans une petite pièce que je suppose être leur dressing.

— Ici, on a l'habitude d'être sur son 31 et d'enfiler un gros pull par-dessus, avec des bottes, bottines ou des chaussures de marche.

Elle regarde ma robe patineuse à paillettes dorées et sélectionne des bottines fourrées marron.

— On a l'air de faire la même pointure. Qu'est-ce que tu en penses ?

Je ris et hausse les épaules en disant :

— Je te fais confiance, je ne sais pas où tu m'emmènes !

Inès éclate de rire puis me tend un gilet en laine.

— Mets ça aussi. Ta doudoune ne sera pas suffisante où on va.

— OK. Mais rassure-moi, le bar… ce n'est pas un igloo quand même ?

Elle rit encore plus fort en faisant non de la tête et, même sans savoir dans quoi je m'embarque, la situation m'amuse autant qu'elle. Elle m'assure que j'ai raison de lui faire confiance et que je vais apprécier l'endroit où nous nous rendons pour fêter la nouvelle année.

* * *

Je remercie intérieurement Inès de m'avoir prêté ses chaussures et son gilet. En effet, nous traversons le village puis montons dans les télécabines de la station. Je dois avoir l'air inquiet, car Gabriel se paie ma tête :

— Fais-nous confiance.

— Vous m'emmenez où ? Il fait tout noir là-haut ! C'est pas dangereux ?

Ils éclatent de rire, mais je vois très bien que Max n'est pas du tout rassuré non plus.

— Vous êtes bizarres, les Français, rouspète-t-il. On n'était pas bien au chaud, chez vous ? C'était vraiment nécessaire de finir l'année dans le froid, au sommet d'une montagne ?

Cette fois-ci, je ris également, puis admire le paysage. Les décorations de Noël illuminent le village d'une façon féerique. C'est comme si je me retrouvais au milieu d'un téléfilm de Noël. Cette pensée me fait sourire et m'apaise. Mon ancienne vie à Lyon ne me manque pas ; ce sentiment confirme que j'ai pris la bonne décision en déménageant. Lorsque nous arrivons au sommet de la remontée mécanique, un froid terrible me saisit dès que les portes de la télécabine s'ouvrent. J'ai l'impression que de la glace se répand dans mes poumons, que je vais me figer sur place, telle une statue. Je serre ma doudoune contre moi, comme si cela allait activer des pouvoirs magiques pour me réchauffer, et lève les yeux au ciel. Il fait nuit noire, sans un nuage ; des milliers d'étoiles brillent à des années-lumière d'ici. C'est un décor magnifique, irréel. Je n'en ai jamais vu autant. Le groupe me rejoint et, lorsque nous sommes au complet, Gabriel nous demande de le suivre. Je n'ai pas mis les pieds dans un bar pour le réveillon du Nouvel An depuis des années et c'est une première pour moi de monter aussi haut pour faire la fête ! La soirée se déroule dans un immense chalet avec balcon à l'étage, non loin des télécabines, mais nous avons tout de même une cinquantaine de mètres dans la neige à parcourir pour y accéder.

— Tu comprends maintenant pourquoi je t'ai conseillé de mettre les talons de côté ? me sourit Inès.

J'acquiesce puis nous atteignons l'établissement, sains et saufs, après quelques glissades et éclats de rire. Sitôt à l'intérieur, nous laissons nos affaires à l'entrée. Une petite carte pour nos consommations nous est attribuée. Je constate d'emblée que la plupart des clients sont des touristes étrangers, l'ambiance festive est déjà au rendez-vous, une heure avant le décompte. Au milieu d'un décor composé de vieux skis, de guirlandes lumineuses et d'une immense boule disco, les gens se frôlent, se bousculent, s'excusent avec un sourire ou un geste de la main. Certains crient pour se faire entendre, d'autres se parlent dans le creux de l'oreille. Ils rient ensemble et se mélangent, quelle que soit leur nationalité. Des couples s'embrassent, d'autres se cherchent en échangeant des regards remplis d'allusions quant à leurs projets après minuit. Gabriel nous fraye un chemin jusqu'au comptoir avant de saluer le barman amicalement. Inès m'explique que c'est le propriétaire et que son fiancé le connaît depuis son plus jeune âge. Les filles prennent des cocktails Snow Ball, tandis que les hommes préfèrent une bonne bière. Je discute beaucoup avec Inès et Laura dans un premier temps, puis nous allons nous installer dans un coin, lorsqu'une table se libère. Sébastien s'assoit à mes côtés, il doit en être déjà à sa troisième chope et rigole beaucoup, ce qui nous amuse tous. Tous, sauf Maximilian. Il reste debout contre le mur, les bras croisés, et je ne peux pas m'empêcher d'admirer les pectoraux qui saillent sous le tissu tendu de sa chemise. Le Suédois grincheux est indéniablement séduisant. L'alcool coule à flots ce soir dans cet établissement perché en haut des montagnes, et je ne fais pas exception, car ce foutu Snow Ball se boit rapidement. J'essaye de rester raisonnable, mais les serveurs commencent à distribuer des coupes de champagne une dizaine de minutes avant le décompte. Lorsque minuit approche, la foule s'agite de plus en plus, impatiente. Puis, presque toutes les lumières s'éteignent et un projecteur s'allume derrière le comptoir du bar, entraînant des hurlements de la quasi-totalité des touristes éméchés. Nous nous mettons debout, coupes de champagne à la main et le décompte pour la nouvelle année se fait dans un brouhaha hilarant :

— 10… ! 9… ! 8… ! 7… ! 6… ! 5… ! 4… ! 3… ! 2… !

1… ! BONNE ANNÉE !

Des clients sautent de joie, s'embrassent, hurlent, tandis que d'autres ouvrent d'autres bouteilles de champagne. Inès, Laura et moi, nous nous faisons arroser par Gabriel et Antoine, et dans un mouvement de foule, je perds l'équilibre. Je suis à deux doigts de m'effondrer lorsqu'un bras fort entoure ma taille, et je me retrouve collée à lui. Oui, lui. Max. Maximilian Johan. Nous nous figeons, le temps s'arrête. Je n'entends même plus l'hystérie collective qui règne dans le bar. Nos yeux s'accrochent tandis que ses paumes pressent mes reins pour me ramener encore plus près de lui. Je fixe ses lèvres, puis les frôle au moment où je me penche vers le creux de son oreille, tout en posant une main sur sa nuque. Le cœur battant la chamade, je lui murmure :

— Bonne année, Maximilian Johan.

Le Suédois retire ma main et s'éloigne de moi en fermant les paupières. Il ouvre la bouche, sûrement pour me répondre, mais il ne prononce pas un mot. Son regard bleu glacial, intense, plonge une nouvelle fois dans le mien. Il me submerge, à tel point que je manque d'air, noyée par l'océan déchaîné qu'il renferme. Cet homme est un mystère, un danger. Je m'efforce de me détourner, pour qu'il ne sache pas à quel point je me questionne sur lui. À quel point il me trouble. À quel point il me fascine. Je me prends à espérer que, derrière son comportement hargneux, c'est tout l'inverse. Qu'il se cache sous une carapace pour une quelconque raison. Soudain, Heidi fait son apparition entre nous et se jette dans ses bras. Le moment est venu pour moi de le laisser tranquille, je n'ai pas l'intention de tenir la chandelle.

— Bonne année ! me crie Inès en titubant jusqu'à moi.

Elle me serre contre elle, je ne l'ai jamais vue aussi

heureuse ! Elle est pompette et cela change de la femme d'affaires sérieuse, toujours le nez dans les chiffres.

— Viens par ici, toi, rit Gabriel en la prenant dans ses bras.

Il lui enlève sa coupe de champagne des mains, lui murmure un truc à l'oreille et un énorme sourire se dessine sur le visage de sa fiancée.

— La soirée doit prendre fin pour nous, me dit Gabriel en essayant de soutenir Inès. Tu restes ou tu veux rentrer avec nous ?

— Ne t'inquiète pas pour moi, je reste encore un peu, histoire de finir mon champagne. Va t'occuper de ta future femme, elle n'a pas l'air d'avoir l'habitude de boire.

— Je te le confirme, éclate-t-il de rire. Je ne l'ai jamais vue dans cet état. Bonne année, Audrey.

— Bonne année à toi aussi, Gabriel. Merci de m'avoir donné la chance d'intégrer ton équipe.

— Vous êtes mignons tous les deux ! se moque Inès.

Il me fait un clin d'œil en se dirigeant vers la sortie et, au moment où je me tourne vers notre table, Sébastien tapote ma place, me faisant signe de le rejoindre. Laura et Antoine discutent avec leurs amis, Geoffrey et Marc, alors que Heidi est toujours pendue au cou de Maximilian. Cela ne semble pas déranger le moins du monde le Suédois. Alors, pourquoi ne pas donner un peu d'attention au boulanger ? C'est une nouvelle année qui commence, j'ai déménagé et j'adore mon job. Je suis dans l'obligation de faire connaissance, de flirter, de me trémousser sur une piste de danse et de m'amuser un peu. Il est vrai qu'imaginer Maximilian jaloux me rend tout de même satisfaite, je dois l'admettre. Je ne lui suis pas indifférente et c'est réciproque, je le sais, car les regards que nous échangeons ce soir sont de plus en plus… intenses. Comme si nous étions toujours attirés l'un vers l'autre, comme une force magnétique incontrôlable. Comme deux aimants. J'essaye de comprendre ce que Sébastien me raconte et le laisse me parler dans le creux de l'oreille. Dans mon champ de vision, je vois Maximilian repousser – enfin ! – Heidi et partir de l'autre côté du bar. Il s'adosse au comptoir et boit cul sec sa coupe de champagne. Il lève la main vers le barman, je devine qu'il en demande une autre. Au même moment, Sébastien en profite, lorsque je pose mon verre sur la table, pour se rapprocher de moi. Je sens aussitôt une odeur de bière nauséabonde. Le boulanger se permet ensuite de jouer avec une mèche de mes cheveux et me fixe. Qu'est-ce qu'il fait ? Ses yeux descendent vers mes lèvres, je suis tétanisée. Il se penche lentement, mais je m'écarte de la même façon. Je fais semblant de regarder l'heure sur ma montre, mal à l'aise. Ma tête commence à tourner, sûrement à cause des cocktails que j'ai bus. Ou bien, c'est tout simplement dû à la chaleur qui parcourt mes veines lorsque Sébastien pose une main sur mes genoux. Le contact de ses doigts sur ma peau me répugne et je comprends à cet instant que ma soirée va prendre une tournure complètement différente de ce que j'avais imaginé.

Chapitre 12

Maximilian

Je crispe les doigts sur le comptoir pour empêcher mes poings de se serrer. Le serveur me demande si tout va bien, je me force à sourire en acquiesçant. Je jette un énième coup d'œil vers Audrey et, soudain, mon estomac se tord. Je la vois repousser Sébastien qui insiste pour la presser contre lui. Il veut plonger le nez dans son cou, mais elle se débat gentiment avant de regarder sa montre, mais le voilà qui pose maintenant une main sur ses jambes dénudées ! La belle brune s'immobilise. Sans réfléchir, je m'élance et traverse la foule compacte en jouant des coudes afin d'arriver rapidement auprès d'elle. Sébastien la tient à présent avec ses deux mains et essaye de lui coller un baiser ! J'accélère le pas puis, quelques secondes plus tard, me précipite sur lui, l'attrape par le col et lève le poing !

Soudain, je réalise ce que je m'apprête à faire. Je fixe ma main en l'air, au moment où le boulanger lâche Audrey. Les deux me dévisagent, horrifiés. Qu'est-ce qui me prend ? Depuis quand suis-je ce type bagarreur ? Je ne me suis jamais comporté de cette façon, c'est ridicule ! Lorsque j'étais avec mon ex, je ne me suis jamais énervé de la sorte, même lorsque les hommes la reluquaient. Je libère Sébastien et regarde, confus, autour de moi. Une dizaine de clients m'observent, mon cœur s'emballe : je manque d'air. Je ferme les yeux, secoue la tête comme pour m'excuser et me dirige vers la sortie du bar. J'étouffe, le col de ma chemise me serre la gorge, aussi, je défais un bouton. Par chance, je peux régler très rapidement ma note et récupérer mon manteau. Lorsque je respire enfin l'air glacial de la montagne, je reprends mes esprits. Qu'est-ce qui m'arrive, à dérailler depuis quelques jours à cause d'Audrey ? Je ne perds jamais la tête, jamais. Je suis un homme calme, posé, qui a toujours condamné la violence. Ce petit bout de femme me fait oublier toutes mes bonnes manières, mes convictions. Surtout depuis notre réveillon de Noël en tête à tête. Je m'efforce de respirer lentement. J'inspire profondément en fermant un instant mes paupières. Lorsque je retrouve un rythme cardiaque un peu plus régulier, je tente de maîtriser mes émotions. J'entends des pas derrière moi, c'est sûrement Sébastien qui attend des explications. Mais à l'instant où je me retourne, je la vois. Audrey. Elle me contemple calmement, droit dans les yeux, comme pour être certaine que je ne vais pas lui faire de mal. Cette image me brise, mais me permet de réaliser que je serais incapable de la blesser. Au contraire, je ne souhaite qu'une chose : la protéger.

— Je suis désolé, je ne sais pas ce qui m'a pris.

Elle s'avance vers moi en croisant les bras et fronce les sourcils.

— Je vais m'excuser auprès de Sébastien.

— Ce n'est pas une bonne idée, répond-elle. Il s'échauffe pour te mettre une raclée. Enfin, c'est ce qu'il pense, il ne fera jamais le poids contre un Viking comme toi.

J'éclate de rire et, contre toute attente, me décontracte, avant de soupirer.

— Et si on rentrait ? me propose Audrey d'une voix rassurante. J'ai les neurones qui grillent, je crois que les Snow Ball font effet.

J'acquiesce sans hésitation. Elle sourit puis tourne les talons, en direction des remontées mécaniques.

— Tu as déjà payé ta note ?

— Oui, quand je suis sortie, je n'avais aucune intention d'y retourner.

— Je suis désolé qu'il ait essayé de…

Elle secoue la tête et m'interrompt :

— On oublie. Je préfère ne pas y penser.

Nous nous éloignons du bar en marchant prudemment dans la neige, puis rentrons dans la télécabine exceptionnellement ouverte cette nuit pour le réveillon. À l'intérieur, nous observons en silence notre descente, tout en admirant notre village toujours illuminé. Un feu d'artifice a lieu au loin, perdu dans les montagnes, sûrement dans un autre domaine.

— Merci.

Sur le coup, je ne comprends pas et me tourne vers elle.

— De m'avoir défendue, ajoute-t-elle en esquissant un sourire.

— Oh… J'ai essayé, mais je ne m'y suis pas pris de la bonne manière.

Nous restons silencieux, mais, contre toute attente, cela n'est pas dérangeant, ce soir. La télécabine arrive au pied de la station. Nous descendons puis traversons ensuite le village. Quelques touristes font la fête dehors, des familles rentrent avec des enfants endormis dans les bras. Sur les balcons, certains étrangers célèbrent bruyamment le jour de l'An, les musiques se mélangent et je plains les habitants qui souhaitent se reposer. J'échange un regard complice avec Audrey, je sais qu'elle pense comme moi vu la façon dont elle hausse les sourcils en souriant. Elle a le bout du nez rose et marche de plus en plus lentement : elle est certainement fatiguée. Arrivés devant notre résidence, nous constatons que nos voisins sont plus calmes. Je lui ouvre la porte du hall tel un parfait gentleman.

— Ah ! soupire Audrey. Il fait déjà meilleur ici.

Elle prend les escaliers, titube un peu jusqu'au premier étage, puis nous nous arrêtons devant son appartement. Elle sort aussitôt les clés de la poche de son manteau. L'heure de nous séparer est venue.

— Tu veux… rentrer ? me propose-t-elle en fixant ses pieds.

Mon estomac se serre, ma gorge se noue. J'en ai terriblement envie.

— Il ne vaut mieux pas, Audrey. Tu n'es pas dans ton état normal.

— Bien sûr que si ! s'exclame-t-elle. Je suis juste… pompette. Mais pas autant qu'Inès !

Un rire m'échappe lorsque je demande :

— Pompette ?

— Oui, assure-t-elle. Pompette. Un peu plus gaie que d'habitude, quoi.

— D'accord. C'est le premier mot que j'apprends cette année. Pompette.

Ma remarque la fait sourire et elle vacille vers moi. Je la rattrape par les coudes de justesse.

— Rentre, murmure-t-elle en posant le front contre mon

torse.

Elle est si petite, mais s'emboîte parfaitement dans mes bras. J'ai envie de l'y envelopper, pourtant ce n'est pas la réponse la plus sensée ce soir.

— Tu vas le regretter demain.

— Non. Et puis, même si je le regrette, on ne vit qu'une fois.

— Bonne nuit, Audrey.

J'embrasse son front en la repoussant à contrecœur, afin de me retenir de lui sauter dessus, chose qu'Audrey ne se gêne pas de faire ! Elle saisit ma veste cette fois-ci et colle ses douces lèvres contre les miennes le temps de me voler un rapide baiser ! Elle recule ensuite, chancelle en arrière, ses yeux noisette me fixent, dans l'attente, encore une fois, d'une réponse de ma part. Je sens mon corps échapper peu à peu à mon contrôle : il se tend vers elle et me hurle de l'embrasser à mon tour ! Une réaction physique déplacée au regard de mon comportement de ces derniers temps. Mais, ce soir, je ne peux plus rien y faire : l'envie est plus forte que la raison. Je passe une main sur sa joue. Audrey ne bouge pas, apprécie le contact de mes doigts sur sa peau et se mordille la lèvre inférieure. Son regard malicieux alerte tous mes sens ! Je me rapproche encore un peu, nous ne sommes plus qu'à quelques centimètres l'un de l'autre. Mon cœur bondit quand je la sens frémir… Je fais un rapide compte rendu des dégâts que je causerais si je l'embrassais à mon tour, plus calmement cette fois-ci, afin de savourer notre échange. Ils seraient catastrophiques. Mais qu'est-ce qu'un baiser de plus ? Une marque d'affection permettant de clore ce réveillon du Nouvel An. Une façon de lui faire comprendre pour de bon que je ne suis pas ce gars si grincheux et asocial. Un moyen de lui avouer qu'elle me fait perdre la tête parce qu'elle me plaît. Audrey ferme les yeux comme pour me donner son feu vert. Je me baisse afin d'effleurer ses lèvres. C'est sa dernière chance de prendre la fuite, mais je suis encore plus excité en constatant qu'elle ne le fera pas. Elle m'offre une moue adorable en se mettant sur la pointe des pieds et je craque : je saisis son visage entre mes mains pour mieux l'embrasser. Ses doigts se posent aussitôt dans le bas de mon dos et appuient sur mes reins pour coller nos bassins. Mon cœur s'accélère, mon souffle se fait court entre chaque baiser. Son parfum me submerge et je range mon rapport sur les conséquences de ce que je suis en train de faire dans un coin de ma tête. Seule notre attirance compte ! Elle me rend dingue, j'en perds tous mes moyens ! Mes doutes s'envolent, balayés par ce désir fou provoqué par son regard, son âme, son rire, son corps. D'un geste ferme, je la soulève, rentre dans son appartement et ferme la porte derrière nous ! Je la plaque ensuite contre un mur, hors de contrôle. Je l'embrasse comme si ma vie en dépendait et ses lèvres me répondent avec la même ferveur. Audrey s'accroche à moi, me suppliant de ne pas m'arrêter, gémissant mon prénom :

— Maximilian… Johan…

Mon désir augmente, mon envie en devient douloureuse. Et soudain, la réalité me rattrape. Je suis en train de la prendre contre un mur, profitant de son état « pompette », comme elle l'a défini plus tôt. Mon comportement est loin de s'améliorer, je ne la respecte toujours pas.

— Attends.

Essoufflé, je m'immobilise un moment et plonge le nez dans son cou. Elle me serre dans ses bras, puis je la repose délicatement au sol. Audrey saisit mon visage afin de coller nos fronts. Nos respirations sont haletantes, nos regards ne se lâchent pas… Elle fronce ensuite les sourcils, me supplie :

— Ne t'arrête pas, s'il te plaît.

Je lis la tristesse dans sa voix, mais je dois mettre les choses au clair.

— Tu me rends dingue… Mais, toi et moi ? Je ne peux pas, je rentre dans quelques mois en Suède, après l'inauguration de l'atelier. Je ne resterai pas ici, loin de mes proches. Je refuse de céder à cette attirance incontrôlable, j'ignore comment j'en suis arrivé là. J'ai lutté, lutté, lutté… Peut-être même qu'on n'irait nulle part, mais imagine si on s'attache ? Je partirai, Audrey. Peu importe ce qu'il se passera entre nous. Je rentrerai chez moi. Alors, limitons les dégâts, ne compliquons pas les choses pour plus tard.

— C'est donc pour ça que tu me fuis ?

Oui et non, mais ce n'est pas le moment de lui parler de mon ex, Elsa, ou de ma famille.

— C'est plus complexe que ça, mais… entre autres, oui.

Audrey se remet sur la pointe des pieds et le baiser qu'elle me vole cette fois-ci n'est pas rapide, non. Il est fougueux, irrésistible et convaincant.

— Une nuit, chuchote-t-elle. Rien qu'une nuit, Max. Je te laisserai partir sans histoires, je te le promets.

Chapitre 13

Audrey

Lorsque je me réveille, je suis bien au chaud sous ma couette. Je n'ose pas bouger, car je sais pertinemment ce qu'il s'est passé ces dernières heures. C'était… indescriptible. Je n'ai jamais connu un homme comme Maximilian. Doux, calme, posé. Il a pris tout son temps, il s'est soucié de moi en prenant soin de ne rien faire qui me mette mal à l'aise. Nous avons partagé une nuit incroyable, remplie de délicatesse et de fougue en même temps. Je tends l'oreille et suis soulagée de l'entendre respirer derrière moi ! Il ne s'est pas enfui à toutes jambes ! Il est resté ! Je m'efforce de ne pas exploser de joie et, après un rapide coup d'œil à mon réveil qui indique déjà 10 h 15, je me retourne pour faire face au Suédois. Il ouvre une seule paupière et murmure en souriant :

— *Hej, snygga.*

Je me retiens de rire, me demande s'il rêve les yeux ouverts.

— Ne fais pas cette tête ! Ça veut dire « bonjour, ma belle ».

— Ah ! Et comment dit-on « voisin » en suédois ?

C'est à son tour de me fixer d'un air confus.

— *Granne*, répond-il, tout de même méfiant.

— *Hej, gra-nne* !

Je lui décoche un sourire, puis nos regards se soudent. Je caresse son menton du bout des doigts, il ferme les yeux et je finis par murmurer :

— Qu'est-ce que tu fais dans mon lit ?

Ma question surprend Maximilian, qui me dévisage aussitôt, embarrassé.

— J'avais dit une nuit, pas un matin.

— Ah mince ! réplique-t-il en feignant un élan de panique. Je pensais que le petit déjeuner était inclus !

Le blond saute du lit sans attendre, enfile son pantalon et sa chemise, alors que je me redresse pour lui demander d'une voix paniquée à mon tour :

— Tu vas où ? Je plaisantais.

Maximilian pose un genou sur mon lit, embrasse mon front puis me regarde droit dans les yeux en chuchotant :

— Ne bouge pas, *snygga*. Je reviens, promis. Je monte chercher quelques trucs chez moi.

— OK…

Je le laisse partir en priant pour que ce soit vrai et file prendre une douche bien chaude. Je sens encore le contact de ses doigts sur ma peau, cette nuit. J'essaye de chasser ces images de mon esprit. Puis, lorsque j'enfile un pantalon large et un pull, je l'entends rentrer. Je me penche dans l'encadrement de la porte et remarque qu'il tient deux sacs de courses dans les mains, dont un rempli de pommes. Lui aussi s'est laissé tenter par une douche, car ses cheveux sont mouillés et il porte à présent un bas de jogging gris et un tee-shirt blanc.

— Pour me faire pardonner, m'annonce-t-il quand je le rejoins, je vais te préparer un petit déjeuner suédois. On vante toujours les *english breakfast*, mais ils ont de la concurrence, ces Anglais ! On n'est pas mal non plus, nous !

Sa bonne humeur me fait sourire : il me fait perdre la raison et j'en oublie les conséquences.

— Eh bien, que proposez-vous ce matin, chef ?

— Aujourd'hui, ça sera un petit déjeuner scandinave aux pommes. Je pensais te faire du raggmunk, mais je n'ai pas ce qu'il faut dans mon frigo. Ce sera pour une autre fois.

Je grimace et fronce les sourcils d'un air malicieux :

— Une autre fois ? Ça veut dire que tu as l'intention de me préparer un autre petit déjeuner, un autre matin, Maximilian Johan ?

Max se raidit et l'ambiance devient soudain très gênante. Je n'aurais jamais dû faire cette remarque.

— C'était une façon de parler, Audrey. Ne pense pas que…

— Je te taquine ! Allez, montre-moi ce que tu nous concoctes !

J'essaye de rattraper ma maladresse et de détendre l'atmosphère, malgré le pouls affolé qui pulse dans ma gorge. Mon voisin au regard plus bleu que l'océan joue le jeu en continuant, avec enthousiasme, ses explications :

— Pour commencer, on va éplucher des pommes en gros morceaux charnus, que l'on fera fondre dans du beurre avec un peu de bacon et des oignons. On coupera ensuite d'autres pommes en petits dés pour les intégrer à la fin. Cela permet d'avoir des textures différentes : des bouchées compotées, d'autres croquantes et juteuses. Au dernier moment, on ajoutera un zeste de citron. Tu vas te régaler ! On accompagne tout ça avec des œufs au plat.

J'acquiesce avant de sortir les ustensiles et la vaisselle nécessaires.

— Vu que j'ai beaucoup de pommes, ajoute-t-il en me montrant un sachet de flocons de seigle et une bouteille de lait, on va faire du porridge aussi. Une casserole supplémentaire, s'il te plaît.

Je m'active aussitôt et, de manière très naturelle, nous nous exécutons. Nous avons tellement l'habitude de travailler tous les après-midi à l'atelier pour le concours que la préparation de notre petit déjeuner se fait comme si c'était notre quotidien depuis des années. Cette image de Max et moi, en vieux couple qui cuisine ensemble, me provoque des frissons. Nos gestes se coordonnent, notre silence me rassure. J'essaye de deviner ce qui lui passe par la tête en ce moment. A-t-il aimé notre nuit ? Oui, sinon il ne serait pas là. Veut-il rester et passer la journée avec moi ? Même réponse. J'espère secrètement que, si Maximilian traîne dans mon appartement ce matin, il y a de fortes chances que je ne sois pas un coup d'un soir. Comme Heidi.

— Et voilà !

Mon voisin pose nos assiettes sur la table puis nous nous installons. Je ne suis pas une grande fan de porridge, mais je dois admettre que celui-ci est délicieux ! En revanche, l'espèce de fondue de pommes avec un œuf au plat est un coup de cœur !

— Alors ? me demande Max.

— Je crois que les Anglais ont effectivement du souci à se faire.

Il se redresse fièrement sur sa chaise et salue une foule invisible autour de nous, telle la reine d'Angleterre. Je ris à ses mimiques et nous échangeons un regard complice. Je craque pour lui. Il est… différent. Je plonge le nez dans mon petit déjeuner puis nous mangeons tranquillement. Après avoir fait la vaisselle et rangé ma petite cuisine, Maximilian se lave les mains. La réalité nous rattrape alors. Nous nous regardons droit dans les yeux, je m'appuie contre le plan de travail en lui demandant :

— Et maintenant ?

Le Suédois s'adosse au mur opposé en soupirant :

— Je ne sais pas. Toi non plus. Mais une chose est certaine, *snygga*. On doit se concentrer sur le concours d'Annecy et l'inauguration de l'atelier.

Je fronce les sourcils, sans vraiment comprendre le lien entre les deux.

— L'un n'empêche pas l'autre.

— Je sais, mais dans quelques mois, nos chemins se séparent. Cette nuit n'était pas une erreur, seulement, on était conscients que ça ne durerait pas. Toutes les bonnes choses ont une fin.

Un nœud se forme dans ma gorge, toutefois il a raison. Si nous n'avons pas d'avenir ensemble, pourquoi continuer ? Je ne vais pas lui en demander plus ni tout gâcher maintenant. Je suppose que nous serons amis à présent, et cela est déjà un grand pas. Maximilian se redresse, rassemble ses affaires puis se rapproche de moi. Ma tête se pose aussitôt sur son torse et ses bras m'entourent. Son souffle caresse lentement ma peau, les battements de mon cœur s'accélèrent. Il est si grand, si musclé. Il irradie un charme viril qui me coupe la respiration. Mais c'est une sensation très agréable, je me sens si bien contre lui. Max prend une profonde inspiration avant de se détacher à contrecœur. Je lève mon regard vers lui, m'attarde un moment sur ses lèvres et, afin d'éviter de céder à la tentation, je lui tends une main :

— Cette nuit fut un plaisir… dans tous les sens du terme.

Maximilian éclate de rire, il lui faut quelques secondes pour se reprendre.

— Je vous confirme, dans tous les sens du terme.

Il me serre la main et, sans un mot, quitte mon appartement, comme si tout redevenait comme avant.

***

Le lendemain, lorsque j'arrive à l'atelier, Maximilian n'est pas encore là. Tant mieux, car je ne sais pas quelle sera notre réaction. Va-t-il redevenir grincheux ? Inès et Gabriel se rendront-ils compte que nous avons fini la nuit du Nouvel An ensemble ? Vais-je réussir à me contrôler lorsque je croiserai son regard ? Les réponses à mes questions ne se font pas beaucoup attendre. En effet, il arrive peu de temps après. Au moment où il passe dans le couloir, Max s'arrête et rentre dans mon bureau.

— Bonjour, *snygga.*

Mon cœur rate un battement. Je balbutie, déconcertée :

— Salut, Max.

Il me fait un clin d'œil avant de tourner les talons et je tente tant bien que mal de retrouver un rythme cardiaque régulier. Si un simple « bonjour » me met dans cet état, comment vais-je faire pour travailler avec lui cet après-midi ? Je passe la matinée dans mon bureau, ne prends même pas de pause, de peur de le croiser et que mes patrons se rendent compte de la situation. De ce fait, Inès vient me voir, deux mugs dans les mains.

— Tiens, je t'ai préparé un café. Tu as beaucoup de boulot ?

— Oh, merci ! Oui, j'ai des contrats à finir pour que tu les lises et que Gabriel les signe.

— OK. Je file, j'ai une réunion avec François, il doit me présenter son plan de marketing pour les ventes de l'atelier à partir d'avril.

Elle fait volte-face et je me focalise sur mes contrats, en espérant que la journée ne soit pas très longue. Puis, après avoir déjeuné devant mon ordinateur, il est l'heure de retrouver Maximilian dans sa cuisine. Je prends une profonde inspiration et c'est avec une once d'excitation que je le rejoins.

— Prête à créer des flocons en chocolat ? m'accueille le Suédois avec un grand sourire.

Il ne me facilite pas la tâche ! Si seulement il était redevenu grincheux !

— C'est parti.

Je réponds d'une voix timide et tremblante, mais Max ne s'en aperçoit pas. Nous nous focalisons ainsi aujourd'hui sur mon idée de flocons de neige. Nous préparons du chocolat noir fin et faisons un premier essai avec de la noix de coco râpée.

On tente de rajouter une cerise, mais cela ne rend pas bien, nous essayons donc d'en faire de plus gros. Je découpe des amandes et, lorsque je me penche pour attraper un bol qui se trouve de son côté, ma main se pose sur son avant-bras. Un frisson me parcourt l'échine et je bafouille :

— Euh… le bol, s'il… te plaît.

Je ne m'attendais pas à ce qu'une avalanche d'images de notre nuit me traverse l'esprit rien qu'au simple contact de sa peau. Des papillons s'envolent dans mon bas-ventre, ma gorge se noue, ma bouche devient sèche… Je retire ma main mais, pour mon plus grand bonheur, Maximilian saisit mon poignet ! Il semble avoir été victime des mêmes émotions ! En effet, le chocolatier ferme les yeux et, d'un mouvement brusque, me tourne vers lui, colle son bassin au mien, avant de passer les doigts derrière ma nuque. Il m'embrasse fougueusement et je ne le repousse pas. Oh non ! Cela fait plus de vingt-quatre heures que j'ai envie de revivre cette sensation ! Je m'accroche à ses hanches, le laisse m'embrasser comme il veut. Je suis submergée par son parfum ; son corps musclé et ses mains ne me lâchent pas. Malheureusement, nous sommes à l'atelier. Inès et Gabriel travaillent dans la cuisine juste à côté. Quelques secondes plus tard, nous sommes dans l'obligation de mettre fin à notre baiser avant que notre échange ne devienne plus fiévreux. Maximilian embrasse mon front tout en tenant mon visage entre ses mains, soupire désespérément, et je chuchote en retirant ses bras :

— On ne peut pas. Tout ce que tu as dit hier est vrai. On ne peut pas, Max.

Il recule puis secoue la tête.

— Oui… tu as raison. Je ne sais pas… je… désolé.

Il est hors d'haleine, comme moi, complètement bouleversé par cette attirance dorénavant incontrôlable. Cette image me brise de l'intérieur, j'ai envie de le prendre dans mes bras, de lui dire tout l'inverse. « Pourquoi ne pas essayer ? Tellement de choses peuvent changer en quelques mois ! Toi et moi, ça peut fonctionner ! » Mais je ne le ferai pas. Je ne l'empêcherai pas de rentrer chez lui, c'est son plan depuis le début, je ne le saboterai pas.

— Je te laisse finir tout seul cet après-midi, j'ai du boulot de toute façon.

Je tremble comme une feuille en plein automne qui ne souhaite pas se détacher de son arbre. Puis, je m'écarte lentement afin de m'assurer que mes jambes ne vont pas faiblir face à mon envie effrénée de rester dans ses bras.

— D'accord.

Sa voix rauque se brise, son accent rend la situation encore plus dramatique. Je retourne à mon poste et une nouvelle page de notre histoire se tourne. Désormais, nous allons vivre dans la même résidence, nous côtoyer sur notre lieu de travail, nous désirer, tout en étant le fruit défendu de l'autre.

Les jours suivants sont compliqués. L'atelier est petit, nous ne sommes que quatre. Lorsque je le croise, je me force à dévier mon attention, pour ne pas me noyer dans son regard. Maximilian respecte notre décision également à la lettre. Il n'insiste pas, me confie des tâches en totale autonomie quand je le rejoins pour le concours et il se focalise sur sa mission jour et nuit. J'essaye de me convaincre que notre attirance finira par disparaître et que tout ceci est passager.

Chapitre 14

Maximilian

Je ne comprends pas vraiment ce qu'il se passe. Avec Audrey, tout est nouveau. J'ai déjà eu deux ou trois aventures d'une nuit et mes conquêtes sont, d'habitude, collantes les jours suivants. Elles essayent de remettre le couvert, mais je me suis toujours montré indifférent. Je n'ai jamais récidivé quand je décide que ce n'est que pour un soir et elles finissent par abandonner au bout d'un moment. Mais ce petit bout de femme m'intrigue. Je lui ai même préparé le petit déjeuner et l'ai embrassée le lendemain ! Après avoir cédé à la tentation, nous avons statué, après mûre réflexion, qu'il valait mieux en rester là. Ainsi, nos après-midi se passent de nouveau dans le silence, mais nos regards se croisent de temps en temps par-dessus la table, s'accrochent, et pendant quelques secondes, je m'y perds. Depuis que je l'ai vue mal à l'aise avec Sébastien, je veux à tout prix la protéger. Je m'inquiète, alors qu'il y a quelques jours encore, elle n'était qu'une simple collègue. Tout à coup, je la contemple, je la sens, je l'entends. Je reconnais ses pas dans le couloir, je souris lorsqu'elle rit au téléphone avec nos fournisseurs. Je dois absolument me défaire de ce lien, ce désir, cette obsession, avant qu'il ne soit trop tard.

— Réunion d'équipe ! lance Gabriel en rentrant en trombe, suivi de sa fiancée.

Le couple semble plutôt de bonne humeur, mais je les dévisage, inquiet :

— Je sens des hiboux dans le marais.

Audrey s'esclaffe, mon cœur frissonne de joie. J'aime l'idée d'être la source de ses éclats de rire.

— J'en peux plus de tes expressions, affirme-t-elle. Elles sont toutes plus hilarantes les unes que les autres.

— En France, on dit qu'il y a anguille sous roche, m'explique Inès.

— Ou éléphant sous le gravillon ! s'exclame Gabriel.

Nous partons dans un fou rire, mais notre boss redevient vite sérieux. Il prend la parole en se frottant les mains :

— Bon, j'ai quelques petites précisions à vous indiquer. Comme vous le savez, les filles, Max et moi, nous nous rendons à Annecy pour le salon des chocolatiers dans un mois. Mais on doit s'organiser parce que vous venez avec nous.

Je manque de m'étouffer avec ma propre salive !

— Pardon ?

— Ouais, mon gars. On n'a pas le choix. Elles nous aideront avec le matériel et sur des tâches simples.

— Tu m'avais dit qu'on emmènerait un apprenti ou un stagiaire, non ?

— Je n'en trouve pas pour cette semaine-là et, franchement, qui mieux qu'elles pour nous épauler ? Elles participent déjà à la préparation des chocolats et pâtisseries.

Je dévisage sa fiancée ainsi que ma voisine. Inès semble plutôt heureuse de l'invitation, quant à Audrey… Elle écarquille les yeux, la bouche entrouverte. Elle ne s'y attendait pas, et moi non plus. Je me pince l'arête du nez, retiens un profond soupir. Un long week-end à Annecy. Tous les quatre. Quatre nuits, quatre soirées à dîner ensemble après avoir passé nos journées côte à côte. Audrey et moi. La voir dès le matin au petit déjeuner, jusqu'au coucher, le soir. Je sens déjà des bouffées de chaleur rien qu'à l'idée et mon entrejambe qui s'impatiente. De gros ennuis se préparent à l'horizon et je ne sais pas comment les éviter.

***

Les jours suivants, nous validons tous ensemble les trois chocolats, les deux nouveautés confiserie et la tablette de chocolat que nous présenterons lors du marathon du salon. Après avoir proposé plusieurs versions, nous choisissons les boules de Noël à la praline dorée avec une touche de bourbon ; les flocons de chocolat gianduja, noisettes et rhum, avec un décor de noix de coco ; et les boules de neige au chocolat blanc cœur tiramisu. Du côté de Gabriel et Inès, nous votons pour les cœurs de Savoie – des pralines enrobées de chocolat noir –, des bonbons fourrés à la liqueur de génépi et une tablette au chocolat au lait de Savoie et éclats d'amande. Dans toute cette sélection, j'ai une petite préférence pour nos flocons de chocolat, sûrement parce que je les ai confectionnés avec Audrey. Les quinze jours suivants, je ne travaille plus avec elle l'après-midi : Gabriel et moi nous focalisons sur la création de notre sapin en chocolat, la pièce artistique très importante pour nous démarquer lors du salon et présenter nos produits. Les filles s'organisent de leur côté pour prendre de l'avance dans leur travail.

— Qu'est-ce qu'il se passe entre Audrey et toi ? me

demande mon ami, un jour, alors que nous démoulons des branches de notre futur sapin.

Je suis pris au dépourvu et cela doit se lire sur mon visage.

— Oui, ne fais pas l'innocent. Il y a un truc qui a changé. Vous ne vous chamaillez plus comme avant, tu ne soupires plus quand elle débarque, tu ne l'évites plus et tu t'arrêtes même pour lui dire bonjour dans son bureau.

— Je passe dans le couloir, devant sa porte ! C'est normal de la saluer le matin, c'est un minimum de politesse.

Gabriel me dévisage avant de froncer les sourcils.

— Ce n'est pas une réponse. Qu'est-ce qui a changé ?

Je hausse les épaules et ignore mon cœur qui s'emballe ainsi que la sueur froide qui me parcourt le dos.

— Rien. On s'est sûrement habitués l'un à l'autre, ça doit être ça.

Gabriel souffle et semble me croire. Le soulagement m'envahit puis je change de sujet pour ne pas tenter le diable de nouveau.

* * *

Le mois de février est vite arrivé. Nous partons pour Annecy le jeudi après-midi de la première semaine. Le salon dure trois jours, du vendredi au dimanche, et nous sommes obligés de partir la veille en fin de journée avec deux véhicules : je monte dans la camionnette avec Gabriel, Inès nous suit dans sa voiture avec Audrey. Nous avons un peu moins de deux heures de route et, lorsque nous nous garons devant notre hôtel réservé pour les quatre prochaines nuits, la première chose que je vois est Audrey qui sort également de l'autre véhicule. Nos regards se croisent et je suis tout compte fait heureux qu'elle soit là. Inès nous guide ensuite vers l'intérieur puis nous récupérons les clés de nos trois chambres, situées au deuxième étage. Nous déposons nos affaires et repartons aussitôt. En effet, nous en profitons ce soir pour visiter un peu Annecy, car les prochains jours vont être épuisants : nous devrons assurer notre présence sur le salon de 10 heures à 22 heures. J'attrape mon appareil photo, ma deuxième passion après le chocolat. Cela fait un moment que je ne prends plus le temps d'immortaliser ce qui m'entoure, c'est l'occasion. Nous nous dirigeons vers les bords du lac, somptueux à cette période de l'année avec les montagnes enneigées en toile de fond. Puis, nous nous engageons sur le Pâquier, la vaste esplanade réputée, puis dans les jardins de l'Europe. Je prends de magnifiques clichés grâce au paysage hivernal et son éclairage unique. À un moment donné, je dévie mon objectif vers Audrey. Elle contemple l'horizon, rêveuse, quelques mèches s'échappent de son bonnet et se laissent soulever par la brise encore glaciale en ce mois de février. Elle est éblouissante. J'immortalise cet instant sans réellement savoir pourquoi. Un peu plus loin, Inès et Gabriel sont de dos et marchent main dans la main. J'appuie sur le déclencheur plusieurs fois, tout en les suivant. Audrey, sous différents angles. Mon ami et sa fiancée qui échangent un regard complice. Audrey qui les rejoint. Ils discutent, pointent du doigt un gigantesque sapin illuminé, puis se tournent vers moi. Je suis pris la barbe dans la boîte aux lettres, comme on dit en Suède, soit la main dans le sac.

— Alors, paparazzi ? m'interpelle Gabriel. Tu viens.

Audrey cache le nez dans son écharpe, enfouit ses mains dans les poches de son manteau et me fixe. Son regard noisette me donne envie de reprendre une photo d'elle, mais je me retiens. Je jette un coup d'œil à mes derniers clichés, il n'y a rien à ajouter : le décor hivernal enneigé fait toute la différence. Une ambiance féerique s'en dégage, avec une touche de romantisme inévitable. Je range mon objectif et avance vers eux.

— Tu me remercieras quand tu verras les photos que j'ai prises de ta fiancée et toi.

— Et les droits à l'image, tu connais ? fait-il semblant de se vexer.

J'essaye de lui donner un coup de coude dans les côtes, mais il m'esquive. On se chamaille comme deux gamins, sous les yeux amusés d'Inès et Audrey.

— Vous avez fini ? nous interrompt ma boss. J'ai faim !

Gabriel, tel un preux chevalier éperdument amoureux, met fin à notre mini bagarre et enlace Inès.

— On y va ! Tu veux quoi pour dîner ?

J'échange un regard avec Audrey qui lève les yeux au ciel face à tant de tendresse. Nous suivons le couple en silence et je ne peux pas m'empêcher de lui sourire bêtement. Nous choisissons ensuite un restaurant où nous passons une très belle soirée.

— On doit se lever tôt demain matin, déclare Gabriel. On doit monter notre stand et le matériel, tout doit être prêt pour 10 heures.

Nous décidons ainsi de rentrer directement à l'hôtel et je ne comprends pas si c'est le voyage ou le fait de savoir que je vais être toute la journée avec Audrey demain, mais je tombe dans les bras de Morphée très rapidement.

* * *

J'ai déjà participé à de nombreux évènements dans ma carrière, mais celui-ci est particulier : il ressemble plus à un marché de Noël qu'à un salon ordinaire, dans un pavillon. En effet, c'est une promenade ludique et gourmande dans la ville d'Annecy, entre l'esplanade de l'Hôtel de Ville et la place François de Menthon, où les visiteurs peuvent aller à la rencontre des artisans chocolatiers. Munis d'un « passeport », ils doivent se rendre dans les stands – des mini-chalets éparpillés dans la ville – pour déguster nos créations afin de voter pour leur chocolatier préféré. C'est une réelle opportunité pour La Maison Gabriel. Notre travail pourra être récompensé grâce à des prix attribués par un jury d'experts, mais également par le public. Inès et Audrey nous sont d'une aide précieuse ; par ailleurs, elles possèdent un charme qui ravit les visiteurs. Souriantes, elles interpellent les passants dans la rue et nous les renvoient. Je n'échange pas beaucoup verbalement avec Audrey, mais nos regards gagnent une nouvelle fois en intensité. Je me perds dans ses yeux, je frissonne quand elle me sourit. Gabriel s'en rend compte, pourtant il n'intervient pas. Son clin d'œil me suffit pour comprendre que j'ai son feu vert. Mais, est-ce que je le veux vraiment ? N'aurait-il pas été plus simple qu'il soit contre afin de m'empêcher de céder de nouveau à la tentation ? Je suis à deux doigts de craquer.

Que quelqu'un me retienne, je vous en supplie !

Chapitre 15

Audrey

— Demain, les membres du jury feront la promenade et goûteront à nos créations, nous rappelle Gabriel. Ils nous poseront des questions, on doit être au top. Ils annonceront les résultats du concours vers 18 heures.

Nous sommes samedi soir et, après deux jours intenses à Annecy, la fatigue commence à se faire ressentir. Nous avons décidé de dîner rapidement dans un petit restaurant en bas de notre hôtel.

— C'est la dernière journée. Faudra tout donner.

Inès a raison. Je remarque que le blond, assis à côté de moi, ne quitte pas des yeux son assiette. Le couple discute, nous les écoutons sans vraiment intervenir. Je donne un léger coup de coude à Maximilian pour le faire réagir et il esquisse un sourire. Cela me rassure : il doit être tout simplement fatigué. À ma grande surprise, il descend une main sous la table puis ses doigts effleurent ma cuisse. Malgré mon jean, toutes mes terminaisons nerveuses s'agitent ! Il n'hésite pas ensuite à caresser plus fermement ma jambe et je peine à respirer. Je ne veux pas qu'il arrête, mais nous ne sommes pas dans un lieu adéquat ! Max se penche lentement pour prendre la bouteille de vin blanc, il est si proche de moi que sa respiration frôle mon visage. Nous savons pertinemment que nous ne pouvons pas céder à la tentation, mais faire abstraction de cette attirance est par moments une rude épreuve. Je me répète sans cesse qu'il part dans quelques semaines, même si cela ne diminue pas mes bouffées de chaleur.

Maximilian décide de me laisser tranquille, j'engage alors une discussion avec Inès, en face de moi, afin de penser à autre chose. Puis, nous rejoignons nos chambres peu avant 22 heures. Je suis exténuée. Deux jours dans le froid à accueillir les visiteurs, sourire, expliquer qui nous sommes et essayer de les convaincre de goûter nos créations puis ensuite de voter pour le concours. Leur avis sera pris en compte par le jury, ce qui est plutôt une bonne nouvelle, je l'espère en tout cas. Après leur avoir souhaité une bonne nuit et avoir jeté un dernier coup d'œil à Maximilian, je me réfugie dans ma chambre pour filer sous la douche. Je suis gelée, j'ai besoin de réchauffer tous mes muscles et de chasser mon collègue suédois de mon esprit ! Je suis fière de ne pas avoir craqué suite à ses provocations. Je prends mon temps et, lorsque je me sens mieux, me prépare pour aller me coucher. J'enfile mon pyjama, fais mes soins du soir et, au moment où je m'apprête à me faufiler sous les draps, quelqu'un frappe à la porte. Je ne fais pas de bruit, pour que l'on pense que je dors, mais la personne insiste. Je me lève sur la pointe des pieds et demande à travers le battant :

— Oui ?

— Audrey, c'est moi. Max.

Mon cœur fait un bond et j'ouvre aussitôt. Il est lui aussi dans une tenue confortable pour dormir. Il se passe les mains sur le visage, comme anxieux, et me regarde droit dans les yeux en joignant les poings sous son menton.

— Audrey…, murmure-t-il en plissant le nez. Je ne vais pas y arriver.

— Arriver quoi ? Qu'est-ce que tu racontes ?

Je me fais tout à coup du souci pour lui. Il a l'air désorienté et angoissé.

— Je ne vais pas réussir à me concentrer demain.

Je me fige, je ne comprends toujours pas où il veut en venir. Face à mon inquiétude, il susurre :

— J'ai besoin de toi, Audrey. J'ai besoin de nous.

Une bouffée de chaleur parcourt, encore une fois, mon corps ; mes jambes se mettent à trembler ce coup-ci. Je frémis : c'est l'effet Maximilian Johan. Celui que je redoute tant. Je suis si vulnérable face à son charme ! Mon pouls s'accélère et, sans réfléchir, je m'accroche à son tee-shirt puis le tire vers l'intérieur. Il referme d'un coup de pied la porte de ma chambre avant de me coller contre le mur, ses lèvres dévorant les miennes. Nous avons tant attendu, tant lutté ! Il tient d'une main ma nuque pour me rapprocher encore plus de lui, tandis que l'autre saisit mes hanches, consumé par l'ardeur de notre attirance. Il cède et je ne résiste pas. Nous savons pertinemment que c'est une erreur, mais c'est plus fort que nous.

***

Nous n'avons pas beaucoup dormi et, lorsque mon réveil sonne, à 8 heures, Maximilian ouvre difficilement les paupières. Ces dernières heures furent intenses. En effet, quitte à nous livrer l'un à l'autre, nous en avons profité au maximum. Cette nuit est sûrement la dernière, j'accuse le stress et la fatigue liés au concours. Puis, mon beau collègue-voisin-suédois-coup-d-un-soir me regarde et sourit. Il m'embrasse le front, je me réfugie contre lui.

— *Hej snygga.*

— *Hej granne.*

— Bien dormi ?

J'acquiesce puis, du bout des doigts, caresse son visage. La douceur de sa peau m'apaise, malgré sa barbe naissante. Maximilian joue avec une mèche de mes cheveux et souffle :

— On est mal.

— Ouais.

Je soupire à mon tour, puis me redresse.

— On va être en retard. Je ne veux pas te mettre dehors, mais tu devrais rejoindre ta chambre avant qu'Inès ou Gabriel s'en rende compte.

— Tu as raison.

Il se lève à contrecœur, s'assoit sur le bord du lit et s'habille lentement. Son dos musclé le rend incroyablement sexy, aussi, je dévie les yeux pour ne pas le retenir. Maximilian esquisse un sourire timide une dernière fois, puis quitte ma chambre sans un mot. Mon cœur se serre, mais je dois absolument filer sous la douche afin de me préparer. Une longue journée nous attend, la dernière du Salon européen des chocolatiers.

***

— Notre pièce artistique s'appelle le Sapin de La Maison.

Il est 11 heures et le jury est devant notre chalet. Gabriel explique avec enthousiasme tout ce qu'il a imaginé et créé avec son bras droit. Inès et moi restons en retrait, discrètes.

— Nous l'avons réalisée entièrement à la main, spécialement pour le salon. Nous voulions confectionner, grâce à un jeu de perçage et de lumière, un sapin présentant nos quatre créations pour le marathon. Ainsi, vous pouvez voir nos boules de Noël à la praline dorée avec une touche de bourbon. Les flocons de neige sont au gianduja, aux noisettes et au rhum, avec un décor de noix de coco. Au pied du sapin, nous avons imaginé des boules de neige en chocolat blanc cœur tiramisu, ainsi que de petits cadeaux avec nos tablettes de chocolat au lait de Savoie et aux amandes.

Gabriel leur tend chacun les quatre créations dans de petites assiettes qu'Inès lui a préparées en amont. Les membres du jury goûtent et les expressions sur leurs visages varient. Les deux femmes ne montrent aucune émotion, tandis que les hommes semblent succomber à nos gourmandises. Maximilian leur présente ensuite les autres produits de La Maison Gabriel, dont les dernières confiseries conçues par l'Atelier : les cœurs de Savoie et les bonbons au génépi. Les quatre membres nous remercient quelques instants plus tard puis partent à la rencontre de nouveaux artisans chocolatiers.

— C'est fait, les dés sont jetés, nous dit Gabriel.

— Tu as été parfait, le rassure Max.

— Merci, sans toi, rien de tout ça n'aurait été possible.

Ils se font une rapide accolade et, lorsque mon boss embrasse Inès, mon partenaire suédois me sourit. Le reste de la journée, nous n'arrivons pas à nous retenir : nous nous frôlons, nous cherchons en silence, nos regards s'allument au moindre échange en nous remémorant notre nuit. Toute cette douceur entre nous crée une complicité que nous n'avions pas encore atteinte.

La foule est abondante en ce dimanche. Des familles avec leurs enfants gourmands s'arrêtent, nous posent des questions et trouvent notre sapin en chocolat magnifique. La magie se manifeste dans leurs expressions, ce qui me réchauffe le cœur. Des personnes un peu plus âgées se baladent au milieu de toute cette agitation et parviennent jusqu'à notre chalet. Elles sont également émerveillées par notre pièce artistique et se révèlent être d'excellents clients. Nous vendons énormément de coffrets de chocolats, mais aussi de sachets de confiseries aujourd'hui. Bien plus que les deux premiers jours. Nous échangeons souvent de place ; lorsque Inès et Gabriel se mettent devant le chalet, Max et moi assurons les ventes. Dès qu'il le peut, il me touche la main « accidentellement » ou en cachette sous la table. Malgré mon gros pull, mon jean et ma doudoune, des frissons me parcourent le dos à chaque contact de ses doigts sur ma peau. Puis, l'heure des résultats du concours arrive. Gabriel et Maximilian partent. Depuis le chalet, nous voyons la scène installée sur la place François de Menthon.

Maximilian

Les résultats sont tombés ! Le jury vient d'attribuer les prix ! La Maison Gabriel a remporté les distinctions de Meilleur chocolat de Noël pour les boules de neige cœur tiramisu et Meilleur chocolat original pour les flocons en chocolat ! Mon ami a le regard qui pétille, il me remercie sans cesse de l'avoir aidé. Je suis moi-même ému, je ne m'y attendais pas. Nous avons été récompensés deux fois, c'est incroyable ! Après un long discours, les artisans lauréats expriment leur gratitude aux membres du jury. En quittant la scène, Gabriel discute de certaines formalités avec une organisatrice du salon, puis nous pouvons enfin retrouver les filles.

— On a gagné ! n'en revient toujours pas mon ami. On a gagné ! Deux prix, mec ! Deux !

Il sautille et accélère le pas pour rejoindre sa future femme. Je suis également surexcité et essaye de le rattraper. Quelques instants plus tard, il se jette sur Inès en l'embrassant comme si sa vie en dépendait.

Audrey me dévisage, les larmes aux yeux. Je cours vers elle. Je la prends dans mes bras en nichant ma tête dans le creux de son cou puis la soulève ! Je la fais tourner et nous restons un long moment enlacés. Je la repose ensuite par terre.

— Je suis fière de toi, me félicite-t-elle. De vous. Vous le méritez amplement.

Je n'ai pas le temps de répondre, car j'entends Gabriel et Inès se racler la gorge derrière moi. Je leur demande en haussant les épaules :

— Quoi ?

Le couple éclate de rire, mais je ne m'inquiète pas le moins du monde de ce qu'ils pensent ou s'imaginent ! Les derniers arguments qui tentaient de me ramener à la raison se sont envolés. L'avoir dans mes bras m'apaise. Je tente de me dire que c'est à cause de la fatigue, du stress provoqué par le concours, mais je sais que ce n'est pas ça. Non. Je suis tout simplement en train de tomber amoureux d'Audrey. Si ce n'est pas déjà fait.

Chapitre 16

Maximilian

Notre retour à La Rosière est malheureusement sportif. Dès notre arrivée, nous devons décharger la camionnette et, surtout, tout préparer pour la semaine à venir, car Sébastien n'a pas su anticiper. D'après ce que je comprends, Inès doit régler un problème de son côté avec les impôts et Audrey a des soucis avec un fournisseur qui commence à nous ennuyer.

Les jours suivants, je la croise très rarement dans le couloir de l'atelier et rentre tard le soir. C'est pour cette raison que le vendredi, en fin de journée, alors qu'Inès et Gabriel viennent tout juste de partir, je m'arrête devant le bureau d'Audrey. Elle lève ses grands yeux noisette vers moi, j'en perds le souffle.

— Salut, toi.

— Salut.

Je souris et grimace pour ne pas lui montrer l'effet qu'elle a sur moi.

— Je me disais… Est-ce que demain soir…

Je n'arrive même pas à exprimer ce que je souhaite lui proposer. Je ne sais pas comment m'y prendre ni ce que j'espère réellement.

— 19 heures chez moi ? me demande-t-elle en mordillant son stylo.

Je suis surpris qu'elle ait tout de suite compris. Je lui réponds d'un air soulagé :

— Parfait.

Puis je tourne les talons et me retiens de sautiller tel un adolescent. C'est ainsi que je prends l'habitude de descendre chez elle tous les samedis soir, avec un dessert et une bouteille de vin. Audrey nous prépare à dîner. Chaque fois que je débarque, tout est quasiment prêt. Nous ne discutons pas de ce qu'il y a entre nous, nous passons tout naturellement une soirée par semaine, en tête à tête, entre amis – certes, nous sommes un peu plus que de simples amis, je dois l'admettre. Nous regardons des séries, des films et il nous arrive même de jouer à des jeux de société avant de nous retrouver dans son lit, sous la couette. Notre attirance est toujours aussi frappante, nous ne semblons jamais rassasiés. Je m'autorise à traîner un peu le lendemain chez elle, puis retourne dans mon appartement en milieu d'après-midi. C'est un rituel qui s'est installé naturellement entre nous. Uniquement le samedi soir. Cette limite est un juste milieu qui nous permet de combler notre désir, sans nous questionner ou prévoir l'avenir. De toute façon, l'avenir, il n'y en aura pas entre nous. Ma vie est en Suède et je pense qu'Audrey l'a compris. Je me contente donc d'un soir par semaine, même si toutes les autres nuits, seul dans ma chambre, je peine à trouver le sommeil, car je ne rêve que d'une chose : descendre chez elle.

***

Un vendredi matin, je me sers mon premier café de la journée dans la salle de repos lorsque j'entends la porte du hall s'ouvrir. Quelques instants plus tard, Gabriel me rejoint. Il me salue, puis Audrey lui demande depuis son bureau :

— T'es tout seul aujourd'hui ?

Gabriel se retourne pour lui répondre en haussant les épaules :

— Inès est clouée au lit, elle a dû attraper froid. Elle n'a pas dormi de la nuit, j'ai dû la forcer à rester au chaud jusqu'à lundi.

Audrey fait son apparition en fronçant les sourcils.

— Mais vous ne deviez pas sortir, demain ? Elle doit vraiment être mal.

— Ouais, on avait réservé une balade en chiens de traîneau. C'est foutu. Tant pis, je préfère qu'elle se repose. Ce sera pour une autre fois.

Soudain, toute trace d'inquiétude disparaît de son visage.

— Vous n'avez qu'à y aller ! s'exclame-t-il. Tout est réservé !

Il sort son smartphone, j'échange un regard confus avec Audrey.

— Je vous envoie notre réservation sur vos boîtes mail. On culpabilisait de devoir annuler à la dernière minute, mais comme ça, vous en profiterez.

Gabriel nous dévisage ensuite en nous pointant du doigt.

— En revanche, vous devez vous faire passer par nous. C'est nominatif et les packs sont personnalisés.

Je lève les mains pour le calmer.

— Wow… Attends une minute, tu peux sûrement demander un remboursement ou reporter. Ils seront compréhensifs, ce n'est pas votre faute si Inès est malade.

Mon ami fait non de la tête et insiste :

— On va perdre l'argent si vous n'y allez pas : on ne pouvait annuler ou reporter que quarante-huit heures avant. C'est écrit sur notre réservation.

— Bon... eh bien..., bafouille Audrey en remontant ses lunettes sur son nez.

Elle me dévisage ensuite et me demande :

— Tu avais quelque chose de prévu demain ?

— Non.

À part notre soirée hebdomadaire secrète.

— On a donc une sortie en chiens de traîneau, maintenant.

— Ça ne m'emballe pas trop, pour tout vous dire...

— Tu n'en as jamais fait ? se moque la brune. T'es suédois pourtant.

— Je suis de Stockholm, pas de Laponie. Et puis, je ne vois pas le rapport. Tu crois vraiment que tous les Italiens font leurs propres pâtes ?

Gabriel éclate de rire, tandis qu'Audrey réplique :

— Tu as de l'humour, finalement !

— Ce n'était pas une blague, mais une comparaison. De toute façon, les chiens, ce n'est pas mon truc.

Gabriel nous dévisage, curieux et amusé en même temps.

— C'est bon ? nous demande-t-il. Vous avez fini de vous chamailler ? Vous voulez cette réservation ou non ?

— Bien sûr ! s'exclame la brune.

— Parfait ! se réjouit Gabriel. Allez, un café et au boulot !

Nous nous exécutons et je souris intérieurement. Même

si l'idée ne m'enchante pas d'être entouré de loups, mon rendez-vous avec Audrey commencera plus tôt, ce week-end.

* * *

Audrey

En ce début de mois de mars, il fait encore froid dans les montagnes, même si les températures ont tendance à s'adoucir. Maximilian et moi avons réservé un taxi ; notre chauffeur nous conduit à une vingtaine de minutes de La Rosière. Lorsque je descends de voiture, la première chose que je vois est une petite maison sur notre droite, avec un panneau enneigé indiquant « accueil ». Un peu plus loin, je distingue un immense hangar en bois avec, sur la gauche, un enclos grillagé. Une horde de loups hurle de joie dès qu'ils nous voient. Maximilian fronce les sourcils, méfiant.

— Viens, ça doit être par là.

Dès que j'ai fini ma phrase, un homme sort en nous faisant un signe de la main. Je remarque qu'un samoyède blanc le suit, aussi éclatant que le paysage enneigé.

— Bonjour ! Vous devez être Inès et Gabriel, c'est bien ça ?

— Tout à fait, répond Max, contre toute attente.

— Bienvenue chez nous, je suis Bernard, le propriétaire. Vous avez sûrement eu ma femme au téléphone.

Le Suédois bégaye, ce qui, je dois l'avouer, m'amuse. Je continue à sa place :

— Oui, c'est ça.

L'homme nous fait signe de le suivre. Son majestueux animal sautille autour de nous, comme pour nous saluer. Maximilian l'esquive, ce qui me confirme qu'il n'est vraiment pas à l'aise avec les chiens ! Bernard nous présente ensuite sa meute dans l'enclos, composée de malamutes d'Alaska et de huskies sibériens. Des chiens magnifiques, au pelage brillant et pelucheux ! Sur des niches en bois éparpillées sont gravés : « Ace », « Cosmo », « Yukon », « Polaire », « Comète », « Enko », « Kodiak », « Oso », « Akira », « Rudy », « Snowy » et « Zeus ». Notre musher est un passionné et il nous explique les différences entre les deux races avec un amour indéniable pour ses chiens, tout en préparant notre équipage. Ainsi, les huskies sibériens débordent d'énergie et sont très réactifs aux ordres. Ils sont les meneurs et stratégiquement placés à la tête du traîneau. Les malamutes d'Alaska sont, quant à eux, plus grands, très puissants, mais un poil moins rapides. Ils ont donc pour rôle de tracter et prennent place derrière les huskies. Un traîneau peut être tiré par six ou huit chiens, cela dépend des passagers. Maximilian, les mains dans les poches, hoche la tête, mais reste à l'écart. Je lui donne un coup de coude discret en lui demandant s'il va bien. Dès que son regard croise le mien, il me fait un clin d'œil et se détend.

— Oui, murmure-t-il en m'offrant son plus beau sourire.

Notre musher nous annonce que tout est prêt et c'est dans la douceur de fin d'après-midi que nous prenons place dans un traîneau confortable. Je m'installe devant Max, calée entre ses jambes, il m'entoure de ses grands bras naturellement. Nous entremêlons nos doigts malgré nos gants puis nous laissons emporter par cette expérience magique et inoubliable. Au démarrage, la force de traction des chiens est impressionnante. Ils ne veulent qu'une chose : courir ! Nous sommes conduits par un attelage puissant mené d'une main de maître par le musher. Blottis l'un contre l'autre, nous traversons des paysages à couper le souffle. Le rythme de la balade est variable et nous permet de profiter du beau panorama. Maximilian peut même immortaliser notre promenade avec son appareil photo lorsque notre musher fait de petites pauses. Je ne vois pas Bernard, mais je l'entends. Malgré ses ordres, il est toujours à l'écoute de sa meute et semble en parfaite harmonie avec elle. Le silence qui règne dans les montagnes est unique au monde. Le vent qui traverse les cimes des sapins enneigés, les bruits des remontées mécaniques au loin, l'absence d'une quelconque agitation urbaine. Je sens les bras de Maximilian me serrer contre lui, je réponds en posant la tête contre son torse. Il en profite pour embrasser ma joue. Notre balade est belle et romantique, je dois l'admettre. Une trentaine de minutes plus tard, nous sommes de retour. Bernard nous offre un vin chaud et sa femme nous rejoint. Nous passons une fin de journée très agréable en compagnie de ce couple amoureux de la montagne et de leur meute. Puis, vient l'heure de rentrer. Maximilian appelle un taxi afin de nous ramener à La Rosière. Je me rends compte que nous n'avons pas beaucoup échangé aujourd'hui, du moins verbalement. Nous nous sommes jeté des regards, nous nous sommes enlacés plusieurs fois, tout l'après-midi. Mais nous avons peu discuté. C'est pour cette raison que, lorsque nous descendons du taxi, je prends sa main et nous marchons jusqu'à notre résidence.

— C'était super sympa.

— Ouais, ils sont magnifiques ces chiens. Et d'une

puissance ! Je n'en reviens pas.

— Je suis contente que tu aies apprécié, finalement.

— Ta compagnie y est pour quelque chose, murmure-t-il.

Je rougis en fixant mes pieds.

— On dîne quoi ce soir ? me demande-t-il en changeant de sujet.

— Tu as envie de quelque chose en particulier ?

— La saison se termine, je me disais qu'on pouvait louer un appareil à fondue.

— Oh ! Pourquoi pas !

— Allons chez le fromager à côté de la boulangerie de Gab.

J'acquiesce et nous nous dirigeons ainsi vers l'établissement. Nous sommes agréablement accueillis par un homme qui nous prépare aussitôt tout ce qu'il nous faut pour une fondue savoyarde traditionnelle. Puis, lorsque nous sortons du fromager, nous croisons Heidi qui nettoie la vitrine de la boulangerie. Elle se fige dès qu'elle nous aperçoit. Je lui fais un signe de la main, Maximilian la salue :

— Heidi, ça va ?

Elle hoche la tête et nous continuons de marcher, sous son regard attristé.

— Elle ne t'embête plus dernièrement ?

— Comment ça ?

— Je veux dire… elle ne te court plus après ?

— Non, elle a lâché l'affaire. Elle a sûrement compris que je n'étais pas intéressé.

Les imaginer tous les deux me dérange, même si cela n'a duré qu'une nuit, il y a des lustres. Je ravale ma fierté – ou plutôt, ma jalousie – et nous rentrons chez moi. Je dépose aussitôt nos sacs de courses sur la table puis me tourne vers Max en disant :

— Monte chercher tes affaires.

— Comment ça ? me demande-t-il en fronçant les sourcils.

— Une bonne douche avant de préparer le dîner nous fera du bien. Qu'en penses-tu ?

Il écarquille les yeux et un sourire malicieux se dessine sur ses lèvres. Il sort de mon appartement à toute vitesse, j'éclate de rire. L'inauguration de l'atelier approche, je sais qu'il ne me reste plus beaucoup de temps avec lui, autant en profiter jusqu'au bout.

Chapitre 17

Audrey

Les jours suivants ressemblent de nouveau à une folle course contre la montre et le mois de mars passe à toute vitesse. L'inauguration aura lieu dans le centre-ville de La Rosière, juste en face de la boulangerie Sucre d'Orge. En effet, Gabriel y présentera ses chocolats et confiseries, mais aussi les pâtisseries que nous vendrons dans toute la France. Dans un premier temps, les créations de L'Atelier Chocolaterie-Confiserie de Savoie seront commercialisées dans notre boutique, dans une vingtaine de boulangeries en Savoie, mais également dans des salons de thé et *coffee-shops* à Lyon et à Paris. Les premiers camions partiront lundi matin ravitailler les commerçants. Afin de maintenir la cadence de production de nos produits, Inès et Gabriel embauchent deux jeunes apprentis.

Le rythme de travail est intense et je retrouve Max, comme d'habitude, le samedi soir et le dimanche. En semaine, nous nous focalisons sur l'inauguration et rien d'autre. Inès et Gabriel savent pertinemment que nous avons une sorte de relation, mais ne posent aucune question. Je suppose que tant que cela ne perturbe pas nos vies professionnelles, cela ne les dérange pas. À deux semaines du jour J, je commence à m'inquiéter : Maximilian m'a toujours dit qu'il partirait après l'inauguration. Un matin du mois d'avril, alors que nous nous apprêtons à passer une nouvelle journée intense, je le retrouve dans la cuisine. Nous sommes seuls, Gabriel et Inès ne sont pas encore arrivés, les apprentis non plus. Je ferme la porte derrière moi.

— Bonjour.

Maximilian fait volte-face et m'offre son plus beau sourire.

— *Hej snygga.*

Je rougis et ne résiste pas. Je m'avance vers lui, me mets sur la pointe des pieds. Max comprend ce que je désire : il pose ses ustensiles, m'attrape par les hanches et m'embrasse délicatement. Ce baiser matinal est si agréable, si doux.

— Tu sens bon, murmure-t-il.

— Merci. Tu as le goût du café.

Il rit puis reprend ses instruments de pâtissier. Je le reluque pendant quelques secondes et finis par lui demander :

— Tu pars quand exactement ?

Le Suédois hausse les épaules, mais j'insiste. Je dois savoir pour m'y préparer psychologiquement.

— Maximilian Johan, réponds-moi.

Il soupire cette fois-ci en répliquant :

— Deux jours après l'inauguration.

— Il ne te reste qu'une dizaine de jours ici, à La Rosière ?

— C'est ça.

— OK.

Nous échangeons un sourire timide, gêné, triste. Je pose une main sur son épaule en me mettant sur la pointe des pieds pour lui embrasser la joue. Je le vois fermer les yeux d'un air apaisé.

— J'y vais, j'ai du boulot.

Il acquiesce. Lorsque je sors de la cuisine, je suis prête à me battre : nous n'avons plus qu'un samedi ensemble, celui de l'inauguration, mais j'ai bien l'intention de commencer mon week-end avec lui dès le vendredi soir. J'ai moins de deux semaines pour le convaincre de ne pas partir. Pour lui faire voir que sa place est ici, avec nous. Avec moi. Je ferai tout pour ne pas le perdre. Maximilian et moi, j'y crois sincèrement. Nous avons une chance d'être heureux et je ne la laisserai pas s'échapper.

* * *

Comme je m'y attendais, je peine à croiser Maximilian les jours suivants. Vendredi matin, la veille de l'inauguration, je prépare mentalement une soirée surprise avec lui. Peu importe l'heure à laquelle il quittera l'atelier, je l'attendrai. Cet ultime week-end doit être inoubliable, ce sont mes dernières cartes en main pour qu'il change d'avis. Peu avant le déjeuner, Gabriel doit signer un nouveau contrat de commercialisation que j'ai finalisé, aussi, je file le rejoindre dans la cuisine. La porte est entrouverte et, alors que je m'apprête à entrer, j'entends mon boss et son bras droit discuter :

— Reste. J'ai besoin de toi.

Je souris, satisfaite, car Gabriel est mon allié numéro un.

— Et puis, pense à Audrey, continue-t-il. Tu vas vraiment partir ?

— Bien sûr, assure Maximilian. Elle et moi, ce n'est rien.

Soudain, mon cœur s'accélère, je manque d'air. Je ne m'attendais pas à ce que leur discussion prenne cette tournure. Comment peut-il être si froid par rapport à ce que nous avons partagé ? Puis, j'entends Gabriel soupirer.

— Max, ne me dis pas que vous n'avez pas de sentiments l'un envers l'autre. C'est impossible.

— On m'a toujours dit « loin des yeux, loin du cœur ». Ce sera plus simple quand on ne se croisera plus tous les jours.

— Arrête ! Je n'arrive pas à t'imaginer aussi détaché ! Ce n'est pas ton genre !

— Là, c'est une exception, répond calmement le Suédois. On parle de quelque chose d'uniquement physique. Quand je serai en Suède, il n'y aura plus cette attirance incontrôlable et nos hormones vivront mieux. J'en suis certain.

Sur une impulsion, et pour interrompre leur discussion, je pousse la porte puis entre comme si de rien n'était. Les deux hommes sursautent, Max fait tomber ce qu'il avait dans les mains.

— Désolée de vous déranger. Chef, tu peux me signer ce contrat, s'il te plaît ? C'est celui dont je t'ai parlé ce matin.

Max et Gabriel me fixent d'un air inquiet, mais je feins de ne rien voir. Je lis dans leurs regards qu'ils espèrent que je n'ai rien entendu. Je souris – difficilement, mais j'y arrive –, et ils semblent se détendre. Dès que Gabriel a signé toutes les feuilles, je tourne les talons et retiens mes larmes. Je pensais sincèrement que, Max et moi, nous étions en train de construire quelque chose… Je me suis fait prendre à notre propre jeu. Notre Noël en tête à tête, notre Nouvel An chaotique, nos nuits à Annecy, nos samedis soir, notre balade en chiens de traîneau… Rien n'a compté pour lui, moi qui croyais être capable de le faire changer d'avis avant son départ. J'ai été si naïve… L'amour rend aveugle, j'en suis la preuve vivante. Oui, je suis certaine que c'est de l'amour, car mon monde s'effondre en quelques secondes et je suis effrayée à l'idée de vivre sans Maximilian. Mais je lui ai promis de le laisser partir sans faire d'histoire, je n'ai donc pas le choix.

Maximilian

— Tu crois qu'elle nous a entendus ?

— Je n'espère pas, me répond Gabriel en me lançant un regard noir. Elle ne mérite pas d'entendre ton discours ingrat.

Audrey nous a interrompus et, dans un élan de panique, j'ai laissé tomber trois bols en inox. Je les ramasse puis continue notre discussion :

— Tu sais pourquoi je pars.

— Et je sais aussi pourquoi tu es venu en France ! s'exclame-t-il, agacé. Ton ex, Elsa. Tu avais besoin de quitter la Suède pour te retrouver, et regarde ! Audrey est la preuve vivante que tu peux de nouveau aimer.

— « Aimer », tout de suite les grands mots. Tu savais dès le début que ma venue était temporaire. J'ai surmonté ma séparation, certes. C'est exactement ce que je voulais. Ma famille est ma priorité à présent.

— Tu peux aimer et t'inquiéter pour tes proches tout en restant ici. Tu pourras leur rendre visite, je te paierai tous les congés que tu souhaiteras, on peut même l'écrire sur ton contrat ! Tu as le droit d'être heureux. Ne porte pas ce fardeau familial sur tes épaules, rien n'est ta faute.

Je secoue la tête et lui fais signe que je n'ai pas l'intention de changer d'avis. Je dois rentrer, ils m'attendent. Seul Gabriel connaît la raison et je lui ai fait promettre de ne rien dire à Audrey. Il soupire en levant les yeux au ciel. Même s'il savait que je ne resterais pas, il est déçu. Mais je ne peux rien y faire, malheureusement. Demain matin a lieu l'inauguration de l'atelier et j'ai hâte de retrouver Audrey pour notre dernier samedi soir ensemble avant mon départ, mardi à la première heure.

***

Dès 7 h 30, nous commençons à nous installer devant la boulangerie Sucre d'Orge. Malgré son jour de repos, Gabriel a demandé à Audrey de rester à l'atelier avec les deux apprentis, au lieu de nous aider sur notre stand. Elle pourra ainsi gérer les stocks, surveiller les jeunes et continuer de tout préparer pour le départ des camions, lundi matin. Cela ne me dérange pas de ne pas la voir dans la journée, car je sais pertinemment que ce soir, nous serons tous les deux, en tête à tête.

C'est avec une grande fierté que Gabriel présente ce que nous avons conçu spécialement pour l'atelier : un nougat tendre aux amandes, différents ballotins de chocolats, des orangettes caramélisées, trois tablettes de chocolat : oranges confites ; lait de Savoie et éclats d'amandes ; éclats de caramel et fleur de sel. Nous dévoilons également nos pots de pâte à tartiner de Savoie, nos bocaux de confiture de lait de La Maison, nos sachets de bonbons fourrés à la liqueur de génépi, nos bonbons au miel de Savoie, ainsi que nos « Cœurs de Savoie », « Flocons », « Boules de neige » et « Cristaux de montagne » – des noisettes grillées et enrobées de sucre. Dès 8 h 30, les villageois affluent. Nous leur présentons nos nouveautés et leur expliquons que, dès mardi prochain, nous serons présents dans une centaine de commerces en France. Les parents de Gabriel ont fait le déplacement, ils nous prêtent main-forte toute la journée. Nous tenons notre stand jusqu'à 19 h 30 et les premières ventes de L'Atelier Chocolaterie-Confiserie de Savoie de La Maison Gabriel sont un franc succès. Inès et Gabriel sont ravis et je sais que mon ami a de nouveau réalisé un rêve. Je ne doute pas que ses produits dans les boulangeries, *coffee-shops* et salons de thé de Savoie, de Lyon et de Paris rencontreront le même succès, parce qu'ils sont de qualité, haut de gamme, et je suis fier d'y avoir participé. Après l'inauguration, j'aide Gabriel et les apprentis à tout ramener à l'atelier. Audrey est déjà rentrée chez elle.

— On rangera lundi, les gars, nous annonce notre boss. Vous avez énormément travaillé ces dernières semaines, merci. Il est temps d'aller vous reposer pour revenir en forme lundi matin.

Nous le remercions à notre tour, je ne perds pas une minute de plus. Une demi-heure plus tard, je rentre chez moi et file sous la douche. Je me prépare rapidement puis descends aussitôt avec des macarons que j'ai chipés à l'atelier et une bouteille de rosé, son vin préféré. Je suis certain que ma *snygga* nous a concocté un dîner inoubliable pour notre dernier samedi ensemble. Cependant, lorsque j'arrive à son étage, Audrey sort au même moment de son appartement. Elle est vêtue d'une robe moulante noire sous sa veste beige, s'est sobrement maquillée et sa longue chevelure noir de jais est parfaitement lisse.

— Oh ! On sort ce soir ?

La belle brune me regarde en haussant les sourcils et me répond d'un air détaché :

— Toi, je ne sais pas, mais moi, oui.

Elle me tourne le dos puis descend les escaliers. Je lui emboîte le pas, sans réfléchir, et souris, excité à l'idée de faire quelque chose de différent pour notre ultime soirée.

— Qu'est-ce que tu fais ? me demande-t-elle lorsqu'elle s'aperçoit que je suis derrière elle.

— Je te suis. Tu m'emmènes où ?

Audrey s'arrête et me lance un regard noir, cette fois-ci :

— Nulle part, vu que toi et moi, ce n'est rien.

Elle lève les mains, imitant des guillemets, et ajoute :

— « Loin des yeux, loin du cœur », tu te souviens ?

Mon sang se fige. Audrey a entendu ma discussion avec Gabriel, hier matin. Mon monde s'effondre à cet instant.

— Depuis quand écoutes-tu aux portes ?

Ma question paraît beaucoup plus froide et détachée que la réalité de mes sentiments, mais je ne l'ai pas fait exprès. Je suis tétanisé en comprenant qu'elle a entendu ce que j'ai dit, car cela ne reflète pas la vérité. La belle brune rit d'un air nerveux. Elle est blessée. Ma bouche est sèche, mes idées se chamboulent dans ma tête et je bafouille en cherchant mes mots.

— Audrey, je…

— N'essaye même pas de te justifier. Il fallait bien que ça se finisse de toute façon. Bonne soirée.

La tristesse dans son regard me transperce, car elle n'est pas le genre de personne à montrer ses faiblesses. Audrey tourne les talons d'un mouvement brusque et décidé. Tout est fini. Je ne m'attendais pas à une fin aussi brutale. Je m'imaginais passer mes dernières heures à La Rosière avec elle. Je m'imaginais la voir une dernière fois sur le quai de la gare, au moment où je prendrais mon train pour partir. Mais à cet instant, je comprends qu'entre Audrey et moi, tout est terminé. Notre attirance, notre amitié, notre complicité. Je réalise également, contre toute attente, que je ne vivrai sûrement plus jamais une histoire comme la nôtre.

Chapitre 18

Audrey

J'avance en direction du centre-ville sans me retourner. Ce que Maximilian ne sait pas, c'est que je n'ai rien de prévu. En effet, mon plan était simple : m'enfuir de chez moi quand il descendrait à l'heure habituelle du samedi soir. Dès que je l'ai entendu dans les escaliers, j'ai fait en sorte de le croiser pour qu'il comprenne que je suis à présent au courant de ses pensées les plus profondes à propos de nous. « Loin des yeux, loin du cœur. » « Elle et moi, ce n'est rien. » Ses phrases résonnent dans ma tête depuis que je les ai entendues et m'anéantissent. J'étais convaincue qu'il changerait d'avis, que j'étais devenue un peu plus qu'une simple « attirance physique incontrôlable ». C'est pour cette raison que j'ai décidé de mettre un terme à notre « relation », sans même avoir d'explications. Je n'en veux pas, je n'en ai pas besoin. Son discours est clair : il rentre en Suède, personne ne pourra le dévier de son plan initial. Au bout de quelques mètres, je prends le risque de jeter un coup d'œil derrière moi. Je vois Maximilian retourner dans le hall de notre résidence en se passant les mains sur le visage. Il a l'air bouleversé. Tant pis. Je n'ai pas envie d'être avec lui, je ne peux pas me le permettre. Il part mardi. Qu'est-ce que cela aurait changé ? Rien. Cela aurait juste prolongé cette histoire sans avenir. Mieux vaut en finir tout de suite. Je me réfugie dans une rue, à l'abri des regards, et, comme je m'y attendais, je fonds en larmes. Cette fois-ci, je craque, car, même si je sais qu'il est préférable d'en rester là, je souffre. Maximilian est encore à La Rosière un peu plus de quarante-huit heures et cela va être très dur de ne pas céder à la tentation. J'essaye tant bien que mal de me calmer et décide de faire demi-tour. Je rentre dans notre résidence sans faire de bruit, monte à l'étage en silence et réussis à m'introduire dans mon appartement sans qu'il s'en aperçoive. Savoir que Maximilian est juste au-dessus de moi me fend le cœur, mais je préfère souffrir maintenant que de prolonger cette idylle plus longtemps.

* * *

Je reste cloîtrée le dimanche toute la journée et prie pour que le Suédois n'ait pas le culot de descendre chez moi, car je doute de mes capacités à lui résister. Je fais le ménage à fond, me lance dans la cuisson de plusieurs repas afin de m'avancer pour la semaine et j'enchaîne sur le visionnage d'une nouvelle série jusqu'au soir. Contre toute attente, Maximilian ne vient pas. En revanche, le lendemain matin, j'angoisse à l'idée de le croiser à l'atelier pour sa dernière journée.

Lorsque j'arrive sur mon lieu de travail, seuls Inès et Gabriel sont là. Nous discutons un peu en prenant un café, puis les apprentis arrivent à leur tour, suivis de Maximilian. Quand le Suédois débarque, j'en profite pour me réfugier dans mon bureau, prétextant avoir un rendez-vous téléphonique. Il ne me retient pas. Max doit être du même avis que moi : à quoi bon s'expliquer ? Il part dans vingt-quatre heures. Aujourd'hui est également un jour important pour l'atelier : les premiers camions s'en vont ravitailler les distributeurs de notre marque. Dès demain, les créations de La Maison Gabriel seront en vente en dehors de la boutique Sucre d'Orge. Inès est responsable du chargement des véhicules, mais je lui donne un coup de main, pendant que Gabriel supervise ces premiers départs et que Maximilian guide les apprentis en cuisine. En fin de matinée, lorsque les transporteurs partent, mon amie me propose de déjeuner tous ensemble.

— C'est le dernier jour de Max, on s'est dit qu'on pouvait aller manger un truc dans le village.

— Ce sera sans moi.

Je réponds froidement, ce qui surprend mes patrons.

— Tu ne veux pas venir ? s'étonne Gabriel.

Je fais non de la tête et évite de croiser leurs regards. Inès se rapproche, inquiète.

— Vous vous êtes disputés ? chuchote-t-elle.

— Plus ou moins. De toute façon, on savait que ça se terminerait là. Donc je ne viendrai pas, cela n'aurait aucun sens.

— Audrey, quoi qu'il se soit passé entre vous, ce n'est qu'un déjeuner.

— C'est plutôt un déjeuner pour son départ. On s'est déjà tout dit, c'est l'essentiel.

Inès et Gabriel froncent les sourcils, perplexes, et je retourne dans mon bureau. Je n'ai aucune envie de prendre une pause, encore moins en présence du Suédois. Je reste donc à l'atelier, seule, et en profite pour avancer dans mon travail. Lorsqu'ils reviennent, je bois un café avec eux dans la salle de repos. Maximilian me jette des regards discrets, j'en fais de même. Nous ne nous parlons pas et agissons comme si nous n'avions jamais vécu quoi que ce soit ensemble. Il est redevenu un parfait étranger. En fin de journée, je m'arrête de travailler la première et fais le tour des locaux pour dire au revoir à tout le monde. Gabriel et Max discutent avec les apprentis. Lorsque je passe la tête dans l'encadrement de la porte, je murmure « à demain ». Ils se tournent tous les quatre vers moi, mon regard croise les yeux bleu océan du Suédois. Je retiens ma respiration et referme aussitôt la porte. C'est avec le cœur encore plus brisé que je rentre chez moi : je ne reverrai sûrement plus jamais Maximilian et j'en suis dévastée.

***

Je me lève difficilement le lendemain matin. La nuit a été longue, ponctuée de cauchemars ridicules. J'ai très mal à la tête et j'essaye d'accepter qu'une nouvelle vie commence pour moi à La Rosière. Une vie sans Maximilian Johan. Dès que je pénètre dans l'atelier, je tends l'oreille. Inès et Gabriel sont là, ils discutent avec les deux apprentis dans le couloir. Je me réfugie dans mon bureau, après les avoir salués. Aucune trace de Maximilian. Aucun signe de son accent suédois dans l'air. J'attends toute la matinée et, à l'heure du déjeuner, je découvre dans la salle de repos un sachet des Flocons en chocolat que nous avons tous les deux créés il y a quelques mois pour le concours d'Annecy. Je lis le Post-it collé dessus : « *Snygga*, merci pour tout. Maximilian Johan ». Inès rentre à cet instant dans la pièce et mes yeux se remplissent de larmes au moment où je me tourne vers elle.

— Il est vraiment parti.

Elle acquiesce et je m'assois sur une chaise en cachant mon visage dans mes mains.

— Il ne m'a même pas dit au revoir.

Mon amie m'enlace en murmurant :

— Je suis désolée. Je ne savais pas qu'il était aussi important pour toi.

— Moi non plus, Inès. Moi non plus.

Gabriel rentre à son tour dans la pièce et soupire :

— Moi aussi, il va me manquer. Mais on va devoir s'y faire.

Nous échangeons un sourire puis je prends une profonde inspiration. La vie est ainsi, nous devons respecter son choix et apprendre à vivre avec. Même si cela s'avère plus douloureux que prévu.

Maximilian

Lorsque j'arrive à la gare de Bourg-Saint-Maurice, mon train est déjà là. Je dépose mes bagages dans mon wagon et ressors aussitôt. Je n'ai pas dormi de la nuit, je suis complètement abasourdi par la façon dont mes derniers jours ici se sont déroulés. Sans elle. Sans Audrey. J'attends sur le quai jusqu'à la dernière minute, dans l'espoir de la voir une dernière fois… Malheureusement, à 8 h 12, le contrôleur me fait signe de monter, le train va partir. Mon cœur se serre, Audrey ne viendra pas. Je quitte la Savoie avec de merveilleux souvenirs grâce à Gabriel, sa fiancée, mais aussi grâce à elle. Elle a rendu mon séjour dans les montagnes bien plus agréable, elle fut une belle surprise. Je suis également fier de ce que j'ai réalisé à l'atelier avec mon ami et je pars confiant : tout est en place pour que l'entreprise de Gabriel fonctionne sans accrocs, entouré d'une petite équipe qui l'épaule parfaitement. Ma mission est accomplie, mais c'est avec le cœur lourd que je monte dans le train.

Le trajet jusqu'à Lyon dure trois heures trente, il me paraît cependant interminable. J'ai une boule au ventre, un nœud dans la gorge. Les cris de certains enfants m'agacent, alors que j'ai l'habitude avec mes neveux et que je suis plutôt d'une nature compréhensive. À défaut de ne pas réussir à me reposer, je décide de me rendre dans le wagon de restauration pour me changer les idées. Je bois un café et tente de me distraire.

Mon vol est à 13 heures. À l'aéroport, je ne peux pas m'empêcher d'imaginer Audrey arriver en courant. Je m'imagine divers scénarios et me tourne plusieurs fois pour essayer de l'apercevoir. Après l'enregistrement, je me dirige vers la salle d'embarquement puis continue, perdu dans cet espoir infatigable. Et si Inès lui avait donné mon numéro de vol ? Et si Audrey était bloquée dans les bouchons et n'arrivait pas à temps ? Et si, tout simplement, elle était blessée au point de me haïr ? Vais-je la revoir un jour ? Viendra-t-elle me rendre visite en Suède ? Je secoue la tête afin de chasser toute cette folie de mon esprit. Je perds la raison. Je l'ai brisée, c'est vrai, mais je lui ai toujours dit que je partais ! Qu'est-ce qui me prend ? J'ai sûrement regardé trop de téléfilms ces derniers temps avec elle, lors de nos rendez-vous hebdomadaires… Je ne peux pas culpabiliser de cette façon, mon départ n'est finalement pas une surprise… Lorsque l'hôtesse fait l'ultime appel pour annoncer l'embarquement, j'attrape mon sac à dos et me dirige vers le comptoir. Je tends mon billet, ma pièce d'identité et jette un dernier coup d'œil derrière moi. Audrey ne viendra pas. Elle n'a pas eu le courage de me retenir, tout comme je n'ai pas eu le courage de lui dire au revoir. Je monte dans l'avion, le cœur triste et déchiré. Tomber amoureux ne faisait pas partie de mon plan et je regrette à cet instant de ne pas avoir expliqué à ma *snygga*, mot pour mot, la véritable raison de mon retour en Suède.

Chapitre 19

Maximilian

Je me suis absenté presque sept mois et je suis ému de rentrer dans mon pays. C'est la première fois que je pars si longtemps, sans voir mes proches. Après avoir atterri, je récupère mes bagages et saute dans un taxi. L'agitation familière de Stockholm me met du baume au cœur. Mon appartement se situe à Gamla Stan, qui est la vieille ville, mais aussi le centre historique et géographique de la capitale, sur l'île de Stadsholmen. Elle est constituée d'étroites ruelles, ainsi que de nombreux lieux d'intérêts comme le palais royal, le musée Nobel ou encore la Cathédrale de Stockholm : Storkyrkan.

Le chauffeur me dépose non loin de mon immeuble, je continue à pied jusqu'au numéro 26 de la ruelle Prästgatan. Rien n'a changé : je reconnais les habitants du quartier, les petits commerçants sont toujours les mêmes et je croise aussi beaucoup de touristes dans les ruelles. Il y a également des dizaines de vélos et de scooters garés le long des bâtiments. Je suis bel et bien à la maison. Lorsque j'arrive devant la porte en bois, peinte en vert il y a des lustres, avec un « 26 » à moitié effacé, je monte au troisième étage et, quand j'entre dans mon appartement, tout est impeccable.

Ma tonne de courrier est sur la table, le ménage est fait, le réfrigérateur est plein et le chauffage est en route. Ma sœur Ella a tout fait pour rendre mon retour agréable. Je m'avance vers la fenêtre du salon : la vue imprenable sur l'église de Riddarholmen et la baie de Riddarfjärden m'avait manqué. Je dépose mes affaires, fais le tour de toutes les pièces et récupère mon vélo dans l'entrée. Je ne perds pas de temps, je rangerai tout à l'heure. Je ne souhaite qu'une chose : voir ma famille.

* * *

Dès que je sonne chez Ella, elle m'ouvre comme si elle m'attendait derrière la porte.

— Bienvenue ! s'exclame-t-elle en se jetant dans mes bras.

Je la serre contre moi. Qu'est-ce qu'elle m'a manqué !

— Salut, toi.

— Comment vas-tu ? me demande-t-elle en me regardant de la tête aux pieds comme pour vérifier qu'il ne manque aucune partie de mon corps.

— Ça va, et vous ? Tout le monde se porte bien ?

— Oui, ne t'inquiète pas ! Allez, entre !

Je suis le cadet d'une fratrie de quatre enfants. J'ai trois sœurs qui m'ont donné cinq neveux et nièces. L'aînée, Alma, est mariée à Nils et ils ont deux garçons, Robin et Axel. Ensuite, ma sœur Selma et son mari Ivan ont deux filles, Liv et Evy. Puis, il y a ma sœur Ella. Étant les plus jeunes, nous avons créé un lien différent. En effet, Alma et Selma s'occupaient beaucoup de nous, nous étions leurs bébés, leurs protégés. Ella et moi avons donc tissé un lien particulier, surtout pour faire tourner nos deux aînées en bourrique. Avec l'âge, nous avons, tous les quatre, gagné en maturité et nous sommes à présent soudés, pour le plus grand bonheur de nos parents. Mais la vie n'a pas épargné Ella. Elle est tombée enceinte à 20 ans, son copain de l'époque n'a rien assumé et son fils, Kristian, âgé de 8 ans aujourd'hui, a développé une insuffisance rénale en grandissant.

— Comment il va ?

— Comme d'habitude, Max. Il fait son traitement, voit le chirurgien et le néphrologue une fois par mois. On continue de contrôler la créatininémie également.

— Ses résultats sont bons ?

— Oui, m'assure-t-elle. Comme je te l'ai dit au téléphone, on a fait de courtes hospitalisations pour réajuster le traitement ou pour traiter de petites infections sans gravité. Il est bien suivi, Max.

— OK. Est-ce que je peux le voir ?

— Il t'attend, il est dans sa chambre.

Je la gratifie d'un sourire en me dirigeant vers le refuge de mon neveu. Je frappe à la porte et l'ouvre lentement.

— Salut, champion !

— Oncle Max !

Le jeune garçon vient aussitôt dans mes bras, je le chatouille par habitude. Il rit aux éclats et je suis envahi de mille et une émotions. Je n'étais pas si sensible avant, je ne comprends pas ce tourbillon de sensations.

— Alors, quoi de neuf ?

— Bah ! Ce n'est pas moi qui reviens de France ! C'est toi qui dois avoir des choses à nous raconter !

— Il n'a pas tort, intervient ma sœur en se joignant à nous.

Je ris et leur résume ce que j'ai fait et appris pendant mon séjour. La vie à La Rosière, dans les montagnes, l'atelier, les fêtes de fin d'année, le concours à Annecy… Mais je ne parle pas d'Audrey. Je garde ce détail rien que pour moi. Mon neveu me relate ensuite tout ce qu'il s'est passé pendant mon absence et je l'écoute attentivement. Il a beaucoup mûri en sept mois, je suis bluffé. Après avoir vécu des années au rythme répété et familier de séances de dialyse, Kristian a reçu une greffe rénale il y a plus d'un an. La vie de mon neveu a été chamboulée et être confronté à de nouveaux repères quotidiens peut créer un déséquilibre. C'est pour cette raison qu'il est accompagné par une psychologue, afin de parler, en toute simplicité, de ses sentiments, de son acceptation du don d'organe. Il est clairement sur la bonne voie. Je laisse ensuite mon neveu tranquille puis ma sœur m'offre un café. Nous nous installons dans son salon et Ella me pose une question surprenante :

— Comment s'appelle-t-elle ?

Je tombe des nues, je ne me rappelle pas lui avoir fourni des indices concernant Audrey.

— Ne fais pas l'innocent. Tu avais l'air plus gai en France, quand tu m'appelais.

— N'importe quoi.

— Arrête, m'ordonne-t-elle. Alors ?

Elle me fixe avec un regard insistant. Elle ne lâchera pas l'affaire. Je soupire en lui répondant :

— J'ai commis une erreur.

— Laquelle ? demande-t-elle en arquant un sourcil.

— Je suis tombé amoureux. D'une Française.

Ses yeux pétillent à présent et elle s'écrie :

— Depuis quand tomber amoureux est une erreur ?!

Je souffle une nouvelle fois en lui faisant signe de parler moins fort et me passe les mains sur le visage en répliquant :

— Je ne m'attendais pas à ça. À elle.

— Elle est comment ? sourit ma sœur.

— Belle, calme, mûre. C'est une fille posée, à fond dans le boulot, toujours prête à donner un coup de main, même si ce n'est pas dans ses cordes. Mais j'ai été clair avec elle dès le début : je n'ai jamais eu l'intention de rester en France. Elle m'agaçait, les premiers jours, on ne pouvait pas se voir. On a saisi ensuite que c'était autre chose. Une attirance que l'on ne voulait pas assumer. Je ne comprends pas pourquoi je n'arrête pas de penser à elle, je savais que ce jour arriverait. C'est ridicule tout ça ! Ça m'énerve d'être aussi affecté ! Cela fait un moment que je fais les choses à ma façon, sans dépendre de quelqu'un.

— Tu as peur, c'est tout.

Je plisse les yeux en grimaçant.

— Ne fais pas cette tête, c'est vrai ! Tu as peur depuis qu'Elsa t'a quitté, mais tu n'es pas le premier à te faire larguer.

— Elle est partie avec mon meilleur ami.

— Tu n'es pas le premier dans ce cas non plus, se moque Ella. C'est dur, je comprends. Mais aimer une personne qui t'aime et te respecte n'est jamais une erreur.

— De toute façon, tu sais pourquoi je ne peux pas rester en France. Ma place est ici.

— Arrête ! Ne ramène pas tout à lui. À nous. On se débrouille très bien quand tu n'es pas là. Tu as déjà fait l'inimaginable. Tu lui as donné un rein.

C'est vrai. Je suis le donneur de Kristian et je me sens soulagé de l'avoir fait. La dialyse est une alternative accessible aux insuffisants rénaux, mais au stade terminal, la transplantation est le seul traitement qui permet aux malades de retrouver une vie quasi normale. Je n'ai pas réfléchi deux fois, il était hors de question de le mettre sur une liste d'attente : j'ai demandé aux médecins si je pouvais le faire. Étant son oncle, en bonne santé, tout indiquait que j'étais un excellent donneur. Ella se sent redevable envers moi, mais je ne l'ai pas fait pour que l'on me considère comme un héros. Non. Je l'ai fait pour lui, pour nous, pour notre famille. Le voir souffrir me brisait. Voir ma sœur, sa maman, désespérer, me rendait fou. Voir mes parents complètement anéantis face à leur petit-fils me hantait. Lorsque la possibilité de diminuer sa souffrance et de rendre son quotidien meilleur s'est présentée à moi, je l'ai fait.

— Tu dois vivre ta vie maintenant. Oublie ton ex, Elsa, c'est du passé. Et repars en France si ton cœur y est. Tu ne seras pas heureux, ici, auprès de nous, si tu aimes cette femme.

— Ella, ce n'est pas si simple. Vous m'avez tellement manqué. Je ne peux pas vivre sans vous, sans Kristian.

— Ce n'est pas parce que tu es dans un autre pays que notre famille va cesser d'exister. On s'est appelé presque tous les jours, Max. Kristian va mieux grâce à la greffe, tu ne peux plus rien faire pour lui.

— Oui, mais ma place est ici. En Suède. Cela n'a aucun sens. J'ai aidé Gabriel comme convenu, pendant sept mois intenses. Je préfère me ressourcer et prendre du temps pour moi. De toute façon, je suis inscrit à une formation pour approfondir mes connaissances dans les dernières techniques en chocolaterie. Je ne repartirai pas, Ella.

Ma sœur soupire et lève les yeux au ciel, dubitative. Je ne

reste pas plus longtemps, car je souhaite rendre visite à mes parents avant de rentrer.

Le soir, je suis exténué. Je n'ai même pas le courage de commencer à ranger mes affaires. Je commande quelque chose pour dîner, prends une douche et me couche tôt. Je n'ai aucun mal à trouver le sommeil et je rêve d'Audrey toute la nuit. Nous sommes dans la salle de repos de l'atelier de Gabriel, je passe un bras autour de ses épaules. Audrey se blottit naturellement contre moi, comme si nous étions ensemble depuis des années. Je nous vois ensuite sur une photo en noir et blanc chez mes parents. Une photo de mariage, il me semble. Mon imagination va même ajouter des enfants près de nous. Mon retour en Suède s'annonce plus mélancolique que prévu. J'espère sincèrement que tout ceci est passager et que je vais réussir à oublier Audrey. Je n'ai pas le choix.

Chapitre 20

Audrey

Quelques mois plus tard

La neige fond, les montagnes abandonnent leur manteau blanc pour vêtir leurs plus beaux atours verts printaniers. Mon cœur, lui, commence à devenir de plus en plus nostalgique. Maximilian me manque. Il ne va pas frapper à ma porte pour me faire goûter l'une de ses spécialités suédoises. Il n'est pas là lorsque je vais prendre mon café, le matin, à l'atelier. Il n'est pas dans la cuisine avec Gabriel. Je sais que mon patron ressent également cette absence : je lis par moment dans son regard le même sentiment que le mien. Il n'a plus son bras droit, son ami, son confident. Je n'ai plus mon collègue, mon voisin, mon amant. Nous ressentons tous les deux la même absence dans nos vies. Certes, pour des raisons complètement différentes ! Inès l'a compris et elle essaye de nous changer les idées. Elle vient nous lire les infos insolites du jour, elle nous rapporte des cafés, elle s'organise pour que l'on déjeune toujours tous les trois ensemble. Cependant, Gabriel et moi plongeons tous deux dans le travail. Mon boss s'enferme dans ses cuisines jour et nuit. Les apprentis et stagiaires vont et viennent, mais ne restent pas longtemps. En effet, Gabriel ne trouve pas chaussure à son pied, aucun ne fait l'affaire ni ne peut remplacer Maximilian. Mon patron a également décidé de se séparer de notre responsable des ventes, François, et j'ai récupéré cette casquette. J'ai donc un double poste aux achats et aux ventes, mais je m'en sors parfaitement. Cela me permet de moins penser à son sourire, à sa bonne humeur, tout comme sa mauvaise humeur quand il n'arrivait pas à faire quelque chose. Mais je savais que les choses se termineraient comme cela. Les règles du jeu avaient été posées dès le début. J'ai eu la chance de le connaître, d'avoir expérimenté ce qu'une femme peut vivre à ses côtés. Je ne l'oublierai jamais. Et je soupçonne même que je l'aimerai jusqu'à la fin de mes jours.

***

Dès le début de l'été, Inès se lance dans les préparatifs du mariage. Gabriel lui donne carte blanche, ce qui lui facilite la tâche : il est bien trop occupé avec l'atelier et la boulangerie. Je deviens donc le bras droit d'Inès dans l'organisation de ses noces, ce qui nous rapproche encore plus.

— On va devoir tout anticiper, m'annonce-t-elle dès le premier jour. Je ne veux rien oublier et m'assurer que tout se passe comme prévu le jour J ! Je propose qu'on commence par établir un budget et un rétroplanning avec le choix des prestataires qui m'intéressent.

Toute l'énergie qu'elle investit dans la préparation de son mariage est un pur bonheur. Pour une fois, Inès pense à elle et non à l'entreprise de son fiancé. Après avoir effectué les démarches auprès de la mairie et de l'église, Inès et Gabriel bloquent le deuxième samedi du mois de novembre pour leur union. Ils choisissent un mariage hivernal en petit comité et peuvent donc se faire plaisir. Je passe ainsi l'été avec Inès, à visiter des lieux de réception, à rencontrer des photographes, fleuristes et DJ, Gabriel étant uniquement sollicité pour valider les propositions de sa fiancée. Fin août, lorsque tout est quasiment réservé, nous envoyons les faire-part, puis Inès me tend la liste des invités afin de l'aider avec le plan de table. Mon cœur fait un bond dès que mes yeux découvrent un prénom. Maximilian. Je reprends mes esprits et ignore les battements affolés dans ma poitrine.

— On n'est pas beaucoup, comme tu peux le constater, m'explique Inès en ouvrant son bloc-notes dédié à son mariage, qui nous suit depuis des semaines. Je pense qu'une grande table en forme de U nous permettrait de discuter tous ensemble. On peut mettre ma famille d'un côté et celle de Gabriel de l'autre.

Elle griffonne un rapide dessin en écrivant les noms de part et d'autre du plan de table. Au milieu, elle place les mariés, puis à côté de son prénom, elle indique Rose, sa meilleure amie et témoin, puis son mari, Thomas, et leur fille, Eléa. Du côté de Gabriel, elle place Maximilian, puis mon prénom.

— Max est son témoin. Comme tu es notre seule amie conviée à la réception, ça ne te dérange pas de t'asseoir ici ?

— C'est son témoin ?

— Oui, je pensais qu'on te l'avait dit.

— Non, mais ce n'est pas grave. Je ne m'y attendais pas, c'est tout. Il ne vient pas accompagné ?

Inès fait non de la tête en haussant les épaules.

— Gabriel n'a pas eu besoin de le lui demander : Max a

tenu à le préciser dès qu'il nous a donné sa réponse.

— OK. Eh bien, dans ce cas... tu peux me placer à côté de lui.

Je me force à sourire, comme si de rien n'était. Je réalise au même moment que je vais revoir Maximilian dans deux mois et demi et je ne sais pas comment le prendre. Quelle sera ma réaction ? Est-ce une bonne ou une mauvaise chose ? Vais-je retrouver mon voisin suédois sympathique ou plutôt mon ancien collègue l'ours grincheux ? Quelles que soient les réponses à ces questions, une chose est certaine : mon objectif sera de l'ignorer pendant le week-end. Je suis convaincue qu'il en fera de même, car il a été très clair : sa vie est en Suède. La preuve, il n'est jamais revenu. Il n'a même pas pris la peine de m'appeler ou de m'envoyer un message. Je range dans un coin de ma tête le sujet « Maximilian, de retour à La Rosière », et me focalise sur Inès et la préparation de son mariage.

Maximilian

Plus les semaines défilent, plus j'angoisse à l'idée de me rendre au mariage de Gabriel et Inès. Lorsque j'ai reçu le faire-part, je leur ai envoyé, sans la moindre hésitation, une photo de moi avec un pouce en l'air, confirmant ma présence. Gabriel est un ami très cher, qui m'a beaucoup appris et avec qui j'ai vécu de très bons moments. Je ne pouvais pas refuser d'être son témoin en ce jour si important. Je sais à quel point Inès est parfaite pour lui : sans elle, il n'aurait pas eu suffisamment confiance en lui pour créer La Maison Gabriel et accomplir tout ce qu'il rêve de faire depuis des années. Quelques minutes après avoir envoyé ledit message, la réalité m'a rattrapé. Audrey. Elle travaille toujours chez eux, d'après le dernier coup de fil de mon ami. Il ne se passe pas un soir sans que je pense à elle. J'ai beau lutter depuis mon retour, il n'y a rien à faire. Je peine à l'oublier. Je vais devoir redoubler d'efforts pour l'éviter au maximum le week-end du mariage. La formation que je suis est très intéressante et me permet de penser à autre chose. Je profite de mes jours de repos pour me ressourcer, me balader et me retrouver seul. Le dimanche, en général, je déjeune chez mes parents, avec toute notre tribu. Pendant l'un de nos repas de famille, je discute avec mes beaux-frères, Nils et Ivan, lorsque ma mère m'apostrophe :

— Alors, Maximilian. Toujours en formation ? Qu'est-ce que tu comptes faire après ?

— Oui, elle se termine la semaine prochaine. J'ai déjà commencé à contacter des maîtres-confiseurs et quelques connaissances.

— En Suède ? intervient mon père en fronçant les sourcils.

Je réponds en haussant les épaules :

— Oui, je n'ai pas l'intention de repartir. Je pars seulement quelques jours début novembre en France. Gabriel se marie et je suis son témoin.

— Ah ! s'exclament mes proches en chœur.

— C'est une excellente nouvelle, ça ! ajoute ma mère.

Gabriel a toujours été très apprécié dans ma famille, nous l'avons hébergé quelques mois lorsqu'il est venu travailler chez mon ancien employeur.

— Attends une minute ! Ça veut dire que tu vas la revoir ? s'exclame Ella en se redressant, un peu trop joviale à mon goût.

Je lui fais les gros yeux, mais c'est trop tard : mes proches me tombent aussitôt dessus.

— La revoir ? m'interroge mon père.

— Qui ? s'étonne Alma, l'aînée de la fratrie.

— T'as rencontré quelqu'un en France ? intervient également ma sœur Selma. Et tu ne nous as rien raconté ?

Ma mère ne s'exprime pas, elle plisse tout simplement les yeux et sourit. Mes beaux-frères éclatent de rire et se moquent de moi. Je suis foutu, ils ne me lâcheront pas. Je grogne en me cachant le visage entre les mains :

— Merci, Ella.

— De rien, rit-elle encore plus fort.

Ma famille me fixe ensuite, le sourire aux lèvres. Ils attendent patiemment des explications.

— Quoi ? Je ne dirai rien.

— Allez ! Pourquoi elle est au courant et pas nous ?

— Alma… je… ce n'est rien, crois-moi.

— Alors pourquoi tu bafouilles ?

Je secoue la tête et soupire. Très bonne question. Pourquoi bafouiller ? Pourquoi penser à elle jour et nuit ? Pourquoi me manque-t-elle ?

— Elle et moi, c'est impossible. Ma vie est ici auprès de vous.

Personne n'ose intervenir, ils savent à quel point je tiens à eux. Aux enfants.

— Il est tombé amoureux d'une Française et il pense que c'est une erreur, leur explique ma sœur.

Je fusille Ella du regard et plombe l'ambiance.

— Arrête.

— Non, Max. Cette fois-ci, je n'arrêterai pas. J'ai besoin qu'ils comprennent à quel point tu t'es attaché à elle. C'est la première fois que je te voyais sourire sincèrement lorsque tu m'appelais. La première fois que tu m'as décrit une femme avec des yeux pétillants. La première fois que tu me dis que tu ne t'attendais pas à être aussi bien avec quelqu'un. Toutes les femmes ne sont pas Elsa et tu dois vivre ta vie. Tu as déjà fait beaucoup de sacrifices pour notre famille. Pour mon fils. Maintenant, pense à toi. Je te le répète : aimer une personne qui t'aime et te respecte n'est jamais une erreur.

Mes deux sœurs aînées s'échangent un regard et me demandent :

— C'est à ce point ?

— Pourquoi tu es revenu ?

— Parce que… Je n'avais pas prévu de rester là-bas. Je vous ai promis de rentrer, je l'ai fait.

— Ça va être notre faute, maintenant ! s'emporte Selma.

Sa remarque me ramène à la raison. Non, ce n'est pas leur faute. Je me suis enfui, car j'avais peur de ce que me faisait ressentir Audrey.

— C'était juste une excuse, n'est-ce pas ? comprend Ella.

Je souffle une énième fois sans répondre.

— Ta vie doit être là où tu te sens heureux, déclare finalement ma mère. Qui ne tente rien n'a rien. Si tu aimes cette femme, ne la laisse pas filer. Tu es jeune, beau, et même si tu dois vivre en France, je serai comblée. Si nos enfants sont heureux, votre père et moi, nous le sommes aussi.

— Merci, maman. Changeons de sujet, pas la peine de me torturer plus.

Ils respectent ma volonté et nous passons au dessert. Cependant, savoir que mes proches ne m'en voudront pas si je choisis de vivre loin d'eux me rassure. Je ne m'étais pas rendu compte que j'avais besoin de leur approbation, ce qui est complètement absurde et immature de ma part.

Chapitre 21

Audrey

Quelques semaines plus tard

Je suis en train de me servir un café lorsque Gabriel et Inès rentrent dans la salle de repos.

— Je vais demander à Sébastien si ça ne le dérange pas d'héberger Max, soupire mon boss. On n'aura pas de chambres disponibles chez nous ni chez mes parents.

— Ouais, on n'a pas trop le choix. On ne peut pas l'envoyer à l'hôtel.

Je les interromps aussitôt :

— Sébastien ne vit pas chez ses parents ?

Ils se tournent vers moi et je rougis. Je n'aurais sûrement pas dû me mêler de leur discussion.

— Non, m'explique Inès, il loue un appartement avec sa sœur depuis quelque temps.

— Ah…

L'idée qu'il dorme sous le même toit qu'Heidi me dérange, malgré moi.

— Peut-être que votre canapé lui conviendrait ? Lui et Seb ne s'entendent pas très bien, vous le savez mieux que moi.

— On ne sera pas à la maison au moment du mariage, me répond Gabriel, on laisse notre chalet à ma famille. On a décidé de se faire plaisir et de réserver trois nuits dans un hôtel, en amoureux. Je ne me vois pas leur imposer Max.

— Hmm… OK.

Je bois une gorgée de mon café et, dans mon champ de vision, je vois Inès se redresser soudainement.

— Mais oui ! Il peut dormir chez toi !

Je manque de m'étouffer, tandis que Gabriel intervient :

— Qu'est-ce que tu racontes ? Arrête un peu, ne fous pas le bazar ! Audrey n'a pas à supporter Max. Pas après tout ce qu'ils ont vécu ensemble et ce qu'il a fait.

Je tousse deux ou trois fois et reprends mes esprits. Ce n'est pas faux : Max et moi sous le même toit, ce serait un vrai challenge. Mais qu'il reste chez Sébastien et Heidi ne me paraît pas une meilleure solution.

— Écoutez… Ça ne me dérange pas. Il dormira sur le canapé les premiers jours et après, chez vous, si vous voulez.

Gabriel écarquille les yeux et me fixe.

— Tu es sûre ? Il s'est barré, Audrey. Il nous a laissé tomber tous les deux.

— C'est ton témoin, pourtant. Tu lui as pardonné, ce n'est pas comme s'il était parti du jour au lendemain. On savait à quoi s'attendre. Je veux bien l'héberger, on est tous les deux adultes. Ça se passera bien, je vous le promets.

— Eh bien ! se réjouit Inès. Voilà une bonne chose de réglée !

Gabriel ne semble pas convaincu. Il se rapproche de moi et me dit :

— Si tu changes d'avis, même la veille, je lui prendrai une

chambre quelque part. Je ne veux surtout pas que tu souffres à cause de lui.

Je suis très étonnée de l'attitude de mon ami, il s'inquiète et cela me touche sincèrement.

— Merci, Gabriel. Si ça arrange tout le monde, il n'y a aucun souci.

Il dépose ensuite un baiser sur le front de sa fiancée, avant de partir en soupirant.

— Je retourne bosser, les apprentis me rendent dingue, aujourd'hui. Bon courage, les filles.

Il quitte la pièce et je place les poings sur mes hanches en fusillant Inès du regard :

— Toi, je devine parfaitement ce que tu as en tête ! Madame Cupidon.

Elle éclate de rire puis lève les mains d'un air innocent :

— Je ne vois pas de quoi tu parles.

— Inès…

Elle sautille vers moi et murmure :

— Allez, c'est peut-être l'opportunité pour…

— STOP ! Non ! Je ne retomberai pas dans le panneau. Il est parti une fois, il recommencera. C'est certain.

Elle fait mine de bouder et je mets fin à cette conversation. Moi aussi, j'ai du travail. Je m'enferme dans mon bureau, la boule au ventre à l'idée d'héberger Maximilian Johan le temps d'un week-end.

***

Novembre. Nous y sommes. Cela fait maintenant onze mois que j'ai quitté Lyon pour déménager à La Rosière. Cela fait également onze mois que j'ai croisé pour la toute première fois Maximilian Johan dans les escaliers de ma résidence. Je souris en me remémorant notre bousculade au milieu de mes valises. C'était un jeudi 1er décembre…

J'enfouis toute cette mélancolie dans un coin de ma tête et fixe mon reflet dans le miroir de l'entrée. J'ai attaché ma crinière noir de jais en une queue-de-cheval haute et me suis maquillée. Je prends une profonde inspiration avant de jeter un dernier regard derrière moi. Mon appartement est parfaitement rangé, le ménage est fait et le réfrigérateur est plein. Tout est prêt pour l'accueillir. En effet, l'heure est venue d'aller chercher Max à la gare. Le mariage d'Inès et Gabriel a lieu demain. Sans plus attendre, je sors et monte dans ma voiture. Le village est déjà paré de ses plus belles décorations de Noël, les vitrines des commerçants scintillent de mille couleurs. Il a fortement neigé ces derniers jours, tout est recouvert d'un manteau blanc immaculé. Noël. Maximilian. La Rosière. La neige. Malgré mes efforts, les souvenirs de tout ce que nous avons partagé l'année dernière refont surface. Comment vais-je réussir à résister ? Quelle va être sa réaction ? Je conduis prudemment et arrive une quinzaine de minutes en avance, ce qui me permet de prendre un café en l'attendant, en début de quai. Lorsque je vois un train entrer en gare de Bourg-Saint-Maurice, mon cœur s'accélère. Nous ne sommes plus qu'à quelques mètres l'un de l'autre… Les portes ne tardent pas à s'ouvrir et les voyageurs commencent à descendre. Il fait plutôt bon, ce matin – ou est-ce mon expresso combiné à une pointe d'excitation qui m'évite d'avoir froid ? –, mais des frissons me parcourent le dos. C'est l'effet Maximilian Johan. Puis, je vois un homme blond, un énorme sac en bandoulière sur une épaule, avançant les mains dans les poches. C'est lui. Je le reconnais aussitôt. Il est vêtu d'une veste chaude à capuche, d'un simple jean et de chaussures de randonnée. Le Suédois se rapproche ; lorsque son regard croise le mien, il se fige. Le temps s'arrête, comme quelques mois plus tôt. Je lui fais un petit signe de la main qui le ramène sur terre et il reprend sa marche vers moi. Il m'a quittée à la fin de l'hiver dernier, il revient au début de l'hiver suivant. La neige et le froid semblent nous lier, ce qui est tout à fait ridicule. Je tente d'oublier cette idée romantique qui surgit dans mon esprit toutes les cinq secondes.

— Audrey ?

Mon ancien collègue-amant-voisin-sexy-suédois m'offre un sourire éclatant et je rougis en l'accueillant.

— Maximilian Johan, bonjour.

— Qu'est-ce que tu fais ici ?

— Tu te doutes bien que les mariés sont occupés. Je fais le taxi, aujourd'hui.

Il semble ravi et continue de sourire en me suivant. Arrivés sur le parking, il me demande, surpris :

— C'est ta voiture ?

— Oui.

— Je suis obligé de constater que tu es une femme qui tient parole.

Je me retiens d'éclater de rire, ce qui lui montrerait que son charme me fait toujours effet, et réponds plutôt d'un air détaché et calme :

— Je suis assidue, mais également ambitieuse. Si l'on pose des objectifs pour ne pas les atteindre, ça ne sert strictement à rien.

— Je vois ça, acquiesce-t-il en mettant sa valise sur la banquette arrière.

Maximilian s'installe du côté passager et nos bras se frôlent lorsque nous attachons nos ceintures. Mon cœur rate un battement, je retiens mon souffle une microseconde puis reprends mes esprits.

— Tu restes combien de temps ?

— Je ne sais pas, une dizaine de jours certainement. Mon billet est modifiable, à la demande de Gabriel : il aimerait que je sois là quelques jours après le mariage pour l'aider un peu à l'atelier.

— Oh.

Comment ça, une dizaine de jours ? Depuis quand ne reste-t-il pas qu'un week-end ?

— Oh ? répète Maximilian. Il y a un problème ?

— Non, non. Ce n'est pas un problème, mais un léger détail que Gabriel t'a gracieusement épargné.

— Qu'est-ce qu'il y a ?

Je feins de réfléchir en prenant une profonde inspiration.

— Tu ne vas pas pouvoir dormir chez lui les trois premières nuits : il laisse le chalet à sa belle-famille.

— OK. Je vais chez ses parents, alors ?

— Ils sont déjà au complet, avec sa sœur et sa grand-mère.

Maximilian cligne des yeux plusieurs fois et finit par me demander :

— Ils m'ont réservé une chambre dans un hôtel ou une auberge, c'est ça ?

Je fais non de la tête et déglutis difficilement. Je me concentre sur la route, je ne veux pas croiser son regard.

— Audrey ?

— Hmm ?

— Où est-ce que je vais dormir ?

Je grimace et hausse les épaules.

— Chez toi ?! s'exclame-t-il.

— C'était chez moi ou chez Sébastien !

Contre toute attente, il éclate de rire et je me détends. L'ours semble bel et bien en hibernation ; c'est Max, mon ancien voisin, assis à mes côtés. Il reprend ensuite son sérieux et m'interroge :

— Ça ne te dérange pas ?

Sa voix s'éraille, son accent scandinave m'a tant manqué. Je le vois se triturer les doigts, ce qui est une nouveauté pour moi. Maximilian Johan, nerveux ? Mais qui est donc cet homme ?!

— Disons que ce ne sera pas la première fois que tu dors à la maison.

Je lui fais un clin d'œil et il me sourit, tendrement. Je réalise que je ne m'attendais pas du tout à ce type de réaction : au contraire, je l'imaginais partir au quart de tour, refusant catégoriquement de loger chez moi. Cela va finalement me compliquer la vie… J'en profite pour changer de sujet. La neige tombe à gros flocons à présent, je suis obligée de conduire à vitesse réduite en raison de la chaussée glissante. Plus nous grimpons la montagne, plus le manteau blanc s'épaissit, recouvrant les champs et les sommets. Les villages que nous traversons au pas arborent également leurs sublimes décorations en ce début novembre : le parfait tableau de Noël. Les souvenirs de mon arrivée, l'année dernière, refont surface et des bouffées de chaleur m'envahissent lorsque, de nouveau, les images de nous deux en tête à tête défilent dans ma tête. Maximilian se redresse sur son siège et observe le paysage.

— J'ai l'impression de n'être jamais parti. Tout est pareil.

— Rassure-toi, la neige a bel et bien fondu ! Tu verrais

au printemps, les montagnes sont tapissées de champs verts, parsemées de fleurs sauvages. C'est tout aussi magnifique.

Je vois dans mon champ de vision que Max me fixe, un sourire toujours sur les lèvres. Je préfère l'ignorer, car ce que je redoutais est en train d'arriver : il essaye de me charmer et je me suis fait la promesse de ne pas tomber dans ses bras. Même pour quelques jours.

Chapitre 22

Maximilian

— Ça fait bizarre d'être ici.

Me retrouver dans son appartement, où nous avons partagé de nombreux moments en tête à tête, ne me laisse pas indifférent. Audrey sourit et hausse les épaules en me répondant :

— Ça me fait bizarre que tu sois là aussi.

Elle pointe ensuite du doigt un nouveau fauteuil que je ne connaissais pas, j'y découvre une pile de linge parfaitement pliée.

— Je t'ai préparé des draps, une couverture et des serviettes. Dans la salle de bains, tu peux te servir de ce que tu veux, tout comme dans la cuisine. Fais comme chez toi.

— Merci.

Cette situation est insolite, nous avons été si intimes autrefois, nous voilà presque des étrangers, avec toutes ces formules de politesse.

— Je dois retrouver Ines chez elle, on a des bricoles à finir pour le mariage, m'annonce Audrey. Gabriel sera là aussi, ainsi que leurs proches. Est-ce que tu veux te joindre à nous ? Cela ne me dérange pas si tu préfères te reposer après ton voyage.

— Non, au contraire ! Je suis venu pour en profiter et si je peux leur donner un coup de main, ça sera avec grand plaisir.

Sans perdre une minute, nous partons chez nos amis. Tous les proches des mariés sont arrivés à La Rosière et sont réunis chez eux. Nous sommes donc accueillis dans une ambiance très festive.

— Ah ! s'exclame le père de Gabriel en me prenant le premier dans ses bras. Voilà le témoin suédois !

Gabriel l'imite et me serre contre lui.

— Ça fait plaisir de te voir, mec. Tu as fait bon voyage ?

— Oui. Ça fait du bien d'être de retour.

Mon ami salue ensuite Audrey, qui lui demande aussitôt :

— Où est Inès ?

D'un geste de la tête, Gabriel lui indique l'étage et, sans réellement savoir pourquoi, la jeune femme me fait signe à son tour qu'elle monte. De la même façon, je lui réponds avec un clin d'œil et je ressens une étrange sensation dans le bas-ventre.

— Bien installé ?

Je fusille Gabriel du regard et enfouis les mains dans mes poches en chuchotant :

— Tu n'avais pas une autre solution à me proposer ?

Contrairement à mes attentes, il ne semble pas ravi de ce choix.

— Inès a eu l'idée, Audrey n'a pas refusé. Je n'ai pas eu mon mot à dire, mais ce ne sont pas mes affaires. Vous êtes grands.

Je hausse les épaules puis décide de changer de sujet :

— Alors, le marié est-il prêt pour demain ?

Il sourit en levant les yeux au ciel avant de m'expliquer qu'il a hâte que tout ceci soit passé.

— Inès est stressée comme jamais et je suis exténué. J'ai voulu préparer pas mal de choses moi-même, tu me connais.

— J'ai toujours entendu dire qu'un mariage n'est pas reposant pour les mariés, au contraire !

— Je te le confirme.

Nous sommes ensuite interrompus par ses futurs beau-père et beau-frère et nous partageons une agréable journée avec leurs familles. Je n'échange pas le moindre mot avec Audrey, mais nos regards se croisent quelquefois. En fin d'après-midi, la mère d'Inès nous demande si nous souhaitons rester dîner avec eux. Honnêtement, toute cette agitation m'a donné mal à la tête et je préfère rentrer à la maison.

— C'est gentil, mais je vais devoir décliner, répond aussitôt Audrey. Demain est une grande journée !

Elle se tourne ensuite vers moi pour me rassurer :

— Tu peux rester, si tu veux. Inès a le double de mes clés.

— Merci, mais… je vais y aller aussi. Comme tu l'as dit, demain est une grande journée, le témoin se doit d'être en forme !

Nous sourions tous, sauf Gabriel qui, lui, semble inquiet et marmonne :

— Faites ce que vous voulez.

Je fronce les sourcils, mais Inès me fait aussitôt signe de l'ignorer. Audrey et moi décidons donc qu'il est l'heure de rentrer et laissons les mariés avec leurs proches. Dans la voiture, je demande à la jeune femme :

— Ils n'ont pas souhaité faire d'enterrements de vie de jeune fille et de garçon ?

Elle sourit en m'expliquant :

— Gabriel était pour, Inès moins.

— Je la comprends : des fois, vaut mieux ne pas tenter le diable.

Elle éclate de rire, ce qui me rend heureux. Très heureux. Son rire m'avait manqué. Sa présence aussi. De retour chez elle, nous prenons une douche – chacun son tour, bien évidemment – et nous préparons un plateau télé, comme au bon vieux temps. Nous passons ensuite la soirée à grignoter et à discuter de tout et de rien sur son canapé. Comme avant. Comme si nous ne nous étions jamais quittés.

— Il est presque 1 heure du matin, soupire Audrey. Je n'ai pas vu le temps passer.

— Moi non plus.

Nous échangeons un regard silencieux qui en dit long, mais je dois rester raisonnable. Je murmure dans un souffle :

— Bonne nuit, *snygga*.

Audrey baisse les yeux en se levant et me répond à son tour :

— Bonne nuit, Max.

La belle brune se réfugie dans sa chambre sans se retourner, mais je sais qu'elle vient de rougir. J'éteins la télé, puis m'installe sagement sur le canapé en fixant le plafond. J'ai été tellement heureux, ici. Les souvenirs défilent devant mes yeux, comme s'ils étaient projetés dans les airs. Les premières images qui apparaissent sont celles du soir de Noël, lorsque je l'ai portée jusqu'à son lit. Elle avait niché son visage dans mon cou, son shampoing sentait les amandes et le beurre de karité. Je me remémore ensuite la soirée du Nouvel An, lorsque je l'ai rattrapée juste après le décompte de minuit. Le temps s'était figé, impossible de dévier nos regards l'un de l'autre, tandis que mes mains pressaient ses reins pour la rapprocher de moi. Je manque d'air, mon pouls s'accélère, rien qu'en y pensant. Cette nuit-là avait marqué un tournant : après l'avoir défendue contre Sébastien, Audrey était « pompette », nous nous étions embrassés pour la première fois. Ce fut le début de la fin. Je ne contrôlais plus mon corps, mon désir, notre attirance… Elle m'a supplié, juste une nuit. Cela s'est transformé en tête à tête, le samedi soir, et en baisers volés à l'atelier. Je ferme les yeux, tente tant bien que mal de chasser tous ces souvenirs. Je peine à trouver le sommeil, mais finis par m'assoupir, quelques heures avant que le réveil sonne.

***

À l'instant où j'ouvre les paupières, j'entends Audrey se préparer dans la salle de bains. Je me lève et décide de lancer la machine à café et de dresser la table pour le petit déjeuner. Il est bientôt 9 heures, j'ai finalement bien dormi. Lorsqu'elle me rejoint, la brune est vêtue d'un jogging et je remarque qu'elle a lissé sa longue chevelure noir de jais. J'aime voir ses taches de rousseur sur son nez quand elle n'est pas maquillée.

— Bonjour, me sourit-elle. Pourquoi tu me regardes comme ça ?

— Bonjour. Pour rien.

Je hausse les épaules et laisse échapper un petit rire nerveux. Je lui tends ensuite son petit déjeuner.

— Café au lait d'amande sans sucre et tartine légèrement grillée avec du beurre demi-sel.

Audrey se pince les lèvres et répond d'un air faussement

indifférent :

— Merci. Tu as bonne mémoire.

— Si tu savais. Je n'ai rien oublié avec toi.

La jeune femme manque de s'étouffer en buvant une gorgée et j'éclate de rire.

— Tu me cherches, tu me trouves.

— Je ne t'ai pas cherché ! Ne me fais pas regretter d'avoir rendu service à Inès en t'hébergeant.

— C'est drôle, Gabriel m'a dit qu'il n'a pas eu à insister. Tu as accepté aussitôt.

— Nuance : je n'ai pas refusé. J'ai accepté par politesse.

Audrey rougit. Je ris une nouvelle fois puis décide d'arrêter de jouer avec le feu. Nous mangeons en silence. Lorsqu'elle a terminé, elle se lève en disant :

— La cérémonie est à 11 heures. Je vais finir de me préparer.

Je me redresse à mon tour en répondant :

— Vas-y, je m'occupe de la vaisselle.

Elle me fixe et approuve d'un signe de tête.

— OK, merci.

Quelques minutes plus tard, je frappe à la porte de la salle de bains. Audrey m'ouvre, elle est en train de se maquiller.

— Est-ce que je peux entrer ?

— Bien sûr.

Nous partageons ainsi la pièce, comme un couple qui se prépare à sortir. Je me brosse les dents, me lave le visage et me coiffe. Je jette de temps en temps un coup d'œil vers Audrey qui se concentre pour se farder un peu plus que d'habitude. Après avoir mis un soupçon de parfum, elle part dans sa chambre et je finis de m'apprêter en enfilant mon nouveau costume acheté spécialement pour le mariage de Gabriel. J'attrape également ma fragrance et nous nous retrouvons quelques instants plus tard dans son salon. Je souris lorsque je découvre sa tenue : une robe de cocktail bleu nuit fendue sur un côté, avec quelques sequins qui donnent une touche pailletée discrète.

— Est-ce… que…, bégaye-t-elle.

Audrey me pointe son dos du doigt et lorsqu'elle se retourne, je comprends : elle me demande de l'aide pour fermer sa robe. Je m'exécute aussitôt en remontant la fermeture à glissière lentement. Mes doigts effleurent sa peau et j'ai soudain envie de déposer une multitude de baisers sur sa nuque, ses épaules…

— Voilà.

Ma voix s'enroue, je recule de quelques pas afin d'éviter toute impulsion inappropriée.

— Tu es magnifique, Audrey.

La jeune femme baisse les yeux sur sa robe et passe nerveusement les mains au niveau de son ventre, comme pour lisser des plis invisibles.

— Merci, répond-elle en levant son regard vers moi.

Elle réajuste ensuite naturellement mon nœud papillon et le col de ma chemise.

— Tu es un très beau témoin, également. Tu voleras presque la vedette au marié.

— Je ne compte pas la lui voler, la mariée ne m'intéresse pas.

Audrey entrouvre les lèvres pour répliquer, mais finit par se résigner en riant et en me tournant le dos. Elle enfile une veste d'hiver écru en imitation fourrure, prend une pochette de la couleur de sa robe et me fait de nouveau face. Son regard plonge dans le mien, le temps s'arrête. Puis, mon amie murmure :

— Tant mieux pour Gabriel, alors.

— Effectivement, il n'a pas de souci à se faire. Du moins, par rapport à sa fiancée.

Ce petit jeu entre nous semble si naturel, mais s'avère très dangereux. Aucun de nous deux n'arrive à l'éviter, les mots sortent de nos bouches sans le moindre filtre. Je lis dans ses pensées, elle en fait de même avec moi, j'en suis certain. Mon pouls s'accélère et je détourne le regard. Audrey en profite pour jeter un coup d'œil à sa montre.

— On devrait y aller.

— C'est parti, ne soyons pas en retard. Laissons ça pour Inès.

J'enfile également une veste chaude, enroule mon écharpe autour du cou et lui ouvre la porte. Audrey est finalement ma cavalière aujourd'hui, nous renvoyons à nouveau l'image d'un couple heureux. Cette idée me réjouit de plus en plus et me rend fier pour la première fois depuis longtemps. Vivre une relation ne me fait plus peur. C'est décidé, je veux être avec elle. Audrey.

Chapitre 23

Audrey

L'esprit de Noël est, selon moi, un thème des plus chaleureux et enchanteur pour célébrer un mariage. Le couple a choisi une réception en petit comité, avec uniquement des personnes proches : parents, frère et sœur et leurs conjoints et enfants, grands-parents, ainsi que quelques amis de longue date. Je me sens privilégiée de pouvoir y participer, sachant que Sébastien et Heidi ne sont pas conviés, par exemple. Maximilian et moi arrivons les premiers sur le lieu de la cérémonie. Le long de l'allée, de la feutrine blanche crée un effet tapis de neige, des paillettes argentées y sont dispersées. Des branches de sapin, par-ci par-là, habillent les bancs, et des bougies disposées également le long de l'allée créent une ambiance chaleureuse. Au plafond, nous avons placé des voilages ainsi que des guirlandes lumineuses discrètes.

— C'est magnifique ! s'exclame Max en découvrant l'endroit. Inès a engagé un *wedding planner* ?

— Non, elle s'est beaucoup inspirée d'Internet, de magazines spécialisés et d'un salon du mariage auquel on s'est rendues toutes les deux. On a ensuite déniché la décoration dans plusieurs boutiques de la région. Tu verras, la petite salle de réception est tout aussi belle.

Je lui fais un clin d'œil en m'efforçant d'ignorer ses yeux bleu glacier séducteurs. Gabriel arrive à cet instant, accompagné de toute sa famille. Nous discutons un moment, puis prenons place à la demande du maître de cérémonie. Quelques minutes plus tard, Inès fait son entrée dans sa longue robe de mariée ivoire, à dentelle au niveau des bretelles et légèrement pailletée. L'esprit de Noël flotte dans l'air et berce la cérémonie. Tout est parfait. Lors de l'échange de leurs vœux, un énorme rideau lumineux au centre s'illumine, ce qui rend cette union encore plus féerique. Max me regarde au même moment et je sens mes joues s'empourprer. Je dévie mon attention vers les mariés, la cérémonie prend fin peu de temps après.

Quelques photos plus tard, nous nous dirigeons vers la salle de réception, dans un village voisin. Je prends ma voiture et emmène les grands-parents de Gabriel. Ce sont des gens adorables, ils me font sourire pendant tout le trajet. Je les aide ensuite à descendre de mon véhicule et à rentrer dans la salle. Ils s'extasient devant la beauté des lieux. En effet, les couleurs traditionnelles de Noël sont présentes en petites touches, permettant ainsi de ne pas tomber dans une décoration trop kitsch. Le vert émeraude, le blanc et l'or choisis par Inès se marient à merveille avec le décor, créant quelque chose d'à la fois naturel et festif, le tout sans en faire trop. Tout est parfait, encore une fois. Autour des chaises, Inès a noué des nœuds en satin et y a suspendu deux boules de Noël argentées avec une branche de sapin. Nous avons agrémenté le centre de chaque table d'un miroir, sur lequel nous avons posé des photophores, un grand vase rempli de boules de Noël et une composition florale dessus. Quelques rondins de bois et du houx sont également disposés sur les nappes écrues. Après m'être assurée que les grands-parents sont confortablement installés, je me dirige vers ma place. Max me rejoint aussitôt.

— Tu avais raison, tout est splendide.

— Merci, tu devrais féliciter la mariée. Elle s'est donné beaucoup de mal.

— Je n'y manquerai pas. Je n'ai jamais assisté à un mariage en cette période de l'année, mais je dois l'admettre : je suis sous le charme.

J'esquisse un sourire timide avant d'engager la conversation avec Rose et de prendre sa fille dans mes bras. Elle a grandi depuis la dernière fois, mais elle est tout aussi adorable. Puis vient l'heure du repas. La réception se déroule à merveille. Chaque détail, les plats, les odeurs, rappelle la magie du mariage entre Inès et Gabriel. Leur union scelle une belle histoire d'amour et me laisse espérer qu'il est encore possible de nos jours de vivre un conte de fées. Max et moi n'échangeons pas un mot, mais nos genoux se frôlent de temps en temps sous la table. Je suis incapable d'ignorer les papillons que j'ai dans le ventre. Pourtant, je résiste. Je ne cède pas et m'éloigne même lorsque cela arrive. Depuis ce matin, je refoule ce que je ressens lorsque nous sommes seuls. Notre soirée devant la télé m'a rendue nostalgique ; sentir ses doigts le long de mon dos lorsqu'il a refermé ma robe il y a quelques heures a ravivé des sensations que je n'ai connues qu'avec lui. Je suis dans l'obligation de rester loin de cet homme. Je lutte en permanence depuis son arrivée, mais mon objectif de garder mes distances semble se volatiliser de temps en temps. Je réagis par moment, comme si nous dépendions l'un de l'autre. Comme si nous étions un couple. Après le repas, les mariés distribuent à chaque invité des sachets avec de mini pains d'épices et des sucres d'orge préparés par Gabriel. Puis, vient l'heure de montrer le magnifique gâteau de mariage réalisé par lui également : un layer cake chocolat-fraise de trois étages, orné de flocons de neige en sucre glace. Cette journée est mémorable, parfaite et l'ambiance féerique.

Plus tard, dans la soirée, Maximilian se lève de sa chaise et me tend une main :

— M'accordes-tu cette danse ?

Prise de court, je reste immobile quelques instants. Je fixe ses doigts, puis le dévisage. Il me sourit timidement et je remarque Inès derrière lui, me faisant signe de le suivre. Sans réfléchir, je m'exécute, sans pour autant prendre sa main.

Maximilian

Je guide Audrey jusqu'à la piste de danse et l'attire délicatement contre moi en posant mon autre main dans le bas de son dos. Je niche mon nez dans ses cheveux et murmure :

— Ma *snygga*…

Je ne me retiens plus, elle est dans mes bras, je dois tout lui avouer. C'est maintenant ou jamais. Elle sent si bon, elle m'a tant manqué… Je ne sais pas comment m'y prendre, alors je verbalise ce qu'il me passe par la tête :

— Il faut que je te dise la vérité : je suis très mauvais joueur, malgré les règles que je me suis imposées.

Elle retient sa respiration, je sens sa main dans la mienne commencer à trembler. Je continue mon monologue dans un chuchotement calme.

— Quand tu es arrivée à l'atelier, tu es devenue ma collègue, ma voisine, et bien plus. Tu as tout chamboulé… Tu as redonné de la couleur à mon quotidien, tout semblait plus… logique. Simple. Tout avait de nouveau un sens. J'avais tiré un trait sur une relation sérieuse, mais je n'ai pas eu le choix. Il fallait que je te rencontre pour faire de nouveau confiance et croire en l'amour. Le destin m'a joué des tours en me faisant quitter la Suède quelque temps pour aider Gabriel avec son projet. Maintenant, je comprends. Nos chemins devaient se croiser pour que je réalise que tout ce que j'ai vécu avant n'était rien comparé à ce que la vie me réservait. Je… Je t'aime, Audrey. Voilà où j'en suis et je ne veux plus faire semblant.

Audrey se fige et me fixe en fronçant les sourcils. Des larmes perlent au coin de ses yeux, mon cœur se serre. Je ne sais pas quoi rajouter ni comment la réconforter. Puis, la jeune femme se détache de moi, baisse la tête et me tourne le dos. Je reste seul, sur la piste de danse, les bras le long du corps tel un idiot planté et rejeté. Gabriel me fixe au loin, Inès me regarde tristement. Je me ressaisis et essaye de rattraper Audrey, mais le marié se lève pour m'empêcher de la suivre dehors. Il me prend par le bras en grognant :

— Qu'est-ce que tu fous ? T'es parti, Max. Laisse-la tranquille.

— Non, je dois m'expliquer et lui avouer mes sentiments.

— C'est trop tard.

— Je dois lui parler !

— Non ! Inès s'en occupe.

— Gabriel, sors de mon chemin. Je dois…

— Tu ne dois rien du tout ! rétorque-t-il, furieux, en serrant mon bras cette fois-ci. Tu as déjà fait assez de dégâts comme ça.

— Mais qu'est-ce que tu as, bon sang ?

Je le fusille du regard, sans comprendre pourquoi il tient à tout prix à me maintenir loin d'Audrey.

— T'es sûr que tu m'en veux uniquement pour ça ?

Gabriel prend une profonde inspiration puis m'emmène vers le minibar. Il commande de l'eau pétillante et finit par m'avouer :

— Tu m'as laissé moi aussi, mec ! s'emporte-t-il. T'es sérieux ? Tu crois qu'elle est la seule à avoir souffert ? Depuis le printemps, je galère pour trouver un gars comme toi. Un bras droit, un confident, un ami ! Les apprentis, je n'y arrive pas. Il faut tout leur expliquer, repasser derrière, je perds un temps fou. Donc, ouais, je t'en veux pour Audrey, mais aussi pour moi.

— Pourtant tu m'as demandé d'être ton témoin.

— Je n'imaginais pas t'en vouloir autant, soupire-t-il. Tu es le seul qui pouvait tenir ce rôle. Tu es, je pense, à ce jour, mon meilleur ami. Il a fallu que tu partes pour que je le comprenne.

Je suis surpris par autant d'émotion dans sa voix. Je laisse échapper un petit rire moqueur en disant :

— Qu'est-ce que tu as, Gab ? C'est le mariage qui te met dans cet état ?

— C'est sûrement l'effet de l'alcool, mon beau-père est espagnol, je te rappelle ! sourit-il. Il descend vite ses verres et fait en sorte que le mien ne soit jamais vide ! Plus sérieusement, je suis épuisé… Je n'y arrive plus. Inès voit que je galère à l'atelier, j'ai tellement peur de la décevoir. Audrey a souffert de ton absence, moi aussi. Du coup, on s'est lié d'une amitié étrange. Rien qu'en nous regardant, on savait ce que l'autre ressentait.

— Euh… Je ne t'ai jamais embrassé, donc je ne suis pas certain que tu saches ce qu'elle ressent réellement.

Il éclate de rire à ma grande surprise et se détend.

— On dirait une adolescente qui se plaint d'avoir été abandonnée par sa meilleure copine.

— Mais non, c'est le stress du mariage.

Je lui donne un coup de coude et il soupire.

— Peut-être. Je ne pensais pas que tu ferais les yeux doux à Audrey en revenant.

— J'avais prévu de l'éviter, mais je dors chez elle.

— C'est une idée d'Inès ! répète-t-il d'un air agacé. Je savais qu'elle allait finir par mettre le bazar !

— Pas du tout, au contraire.

— Comment ça ?

— Grâce à Inès, disons que… j'ai compris beaucoup de choses.

— Comme quoi ?

Je prends une profonde inspiration et me lance :

— J'aime vraiment Audrey. Il ne s'est pas passé un seul jour, une seule nuit, sans que je pense ou rêve d'elle en Suède.

Gabriel me dévisage, perplexe.

— T'es sérieux ? C'est à ce point ?

Je fais oui de la tête et reste muet. Je ne sais pas quoi ajouter, je perds le contrôle de la situation, encore une fois. Soudain, le regard du marié s'illumine. Il se redresse et me demande d'une voix grave :

— Reste. Ne pars pas. Reprends ta place à l'atelier, à mes côtés. J'ai besoin de toi et Audrey aussi.

Je déglutis difficilement en fronçant les sourcils. Contre toute attente, cette proposition est tout ce que j'attendais. J'en suis moi-même surpris.

— Tu veux que je me mette à genoux ? Ne m'oblige pas à le faire, je me suis déjà assez humilié comme ça !

Le DJ passe au même moment une chanson d'un certain Matt, jeune chanteur français romantique et très apprécié de la gent féminine. Les paroles me frappent, c'est le dernier signe qu'il me fallait pour accepter que ma vie est ici, à La Rosière.

Chapitre 24

Audrey

J'aurais dû refuser cette danse… Je ne veux pas craquer. Je prends une profonde inspiration glaciale et me pose sur un banc, grelottant de froid. Inès me rejoint dehors, enveloppée dans son châle en fausse fourrure de la couleur de sa robe. Elle m'entoure de son vêtement et se colle à moi.

— Les hommes sont des idiots, paraît-il.

— Tu viens d'en épouser un, tu dois aimer le risque.

Elle éclate de rire en répondant :

— Gabriel en vaut la peine ! Il me gave de pâtisseries, il a su me séduire.

— Je ne suis pas certaine que ce sera suffisant avec le Suédois. Il ose revenir et me parler comme si de rien n'était. Il a cru que j'allais céder le temps de son séjour ? Je ne peux pas, j'ai déjà assez souffert comme ça.

— Ouais, je comprends.

Je soupire et, malgré son châle, j'ai de plus en plus froid.

— On devrait retourner à l'intérieur, on dirait deux mamies lesbiennes qui se tiennent chaud sur un bloc de glace en guise de banc.

La mariée s'esclaffe de nouveau en se levant et je la suis.

Elle me regarde plus sérieusement avant de rentrer.

— Viens t'asseoir à côté de Rose et moi. On ne le laissera plus t'approcher.

Je la remercie d'un sourire timide puis lui emboîte le pas. Je ne cherche même pas à savoir où est Maximilian. Je remarque un peu plus tard qu'il est au bar avec Gabriel. Je passe le reste de la soirée avec les filles et profite du moment où les grands-parents de Gabriel, fatigués, souhaitent partir. Je propose aussitôt de les raccompagner. La fête se termine également pour moi. Je rassure Inès et ses proches, cela ne me dérange pas. Au contraire ! La mariée me remercie plusieurs fois et me voilà partie. Ce fut un très beau mariage. Après m'être assurée que les grands-parents sont bien installés dans le chalet de leur petit fils, je rentre à la maison. Seule.

***

Le lendemain matin, je sors de ma chambre uniquement lorsque j'entends Maximilian dans la salle de bains. Il est rentré tard hier soir et, comme j'avais tout éteint, j'ai fait semblant de dormir. Je regarde ma montre, il est bientôt 10 heures. Cela fait maintenant plus d'une heure que je suis réveillée et que j'attends qu'il en fasse de même. Je me dirige discrètement vers ma cuisine afin de me préparer un café. J'en ai grandement besoin. Quelques minutes plus tard, Maximilian apparaît et je l'imagine se figer. Je ne me retourne pas, je continue de me concocter un petit déjeuner. Je l'entends ensuite s'avancer puis chercher quelque chose dans ses affaires. Il se place ensuite derrière moi en posant son téléphone sur le plan de travail. Je l'ignore comme si de rien n'était, mais lorsqu'il appuie sur son écran, je reconnais aussitôt une chanson de Matt Pokora.

Si jamais t'oublies nos premiers regards
Tout ce qu'on s'est dit dans le fond du bar
Si jamais la vie n'est pas d'mon côté
Ne veut pas de nous, non, ne veut plus jouer
On se perdra, c'est sûr, mais jamais longtemps
On se retrouvera, j'suis sûr, comme un jeu d'enfant
On se perdra pour sûr, mais avec le temps
On se donnera, c'est sûr, comme dans nos jeux d'antan

J'suis tombé, tombé, tombé
J'suis touché, bravo, ma reine, tu as gagné
Je n'suis qu'un fou, un fou à enfermer, j'suis tombé, j'suis tombé

Je ferme les yeux et me balance lentement au rythme de la musique. Si seulement il savait que c'est une de mes chansons préférées. Tout à coup, j'éteins son téléphone et lui fais face en demandant :

— Qu'est-ce que tu fais ?

Ma voix tremble, l'expression sur son visage est tout aussi perturbée.

— Aucune idée, soupire-t-il. J'ai envie de tout t'expliquer. Il y a tant de choses que tu ne sais pas.

Un nœud se forme dans ma gorge. Je pose mes tartines, arrête la machine à café et me dirige vers le salon en lui faisant signe de me suivre.

— Alors, finissons-en.

Je m'assois sur le canapé en croisant les bras, Max s'installe en face de moi.

— Je t'écoute.

Le Suédois acquiesce en se passant une main dans les cheveux et prend une voix très calme.

— Comme tu le sais, je suis le cadet d'une fratrie de quatre enfants. J'ai trois sœurs, dont Ella, l'avant-dernière. Nous avons créé un lien spécial, tous les deux. Nos aînées, Alma et Selma, s'occupaient beaucoup de nous. Nous étions un peu leurs bébés. Nous sommes une famille très soudée, comme tu l'as certainement déduit.

— Oui, jusque-là, j'avais compris que tu étais rentré à cause de tes proches. Mais encore ?

Ma question paraît brusque, toutefois, je ne suis toujours pas prête à céder. Cette raison ne me convient pas.

— Ella est tombée enceinte à 20 ans, son copain de l'époque n'a rien assumé, nous l'avons tous épaulée. Mais son fils, Kristian, a 8 ans aujourd'hui. Il a développé une insuffisance rénale et, après plusieurs années de séances de dialyse, je lui ai donné un de mes reins.

Le ciel me tombe sur la tête. Maximilian a donné un rein à son neveu ? Les larmes me montent aux yeux, je lutte pour ne pas craquer. Je me sens tout à coup si égoïste…

— Il était hors de question de le mettre sur une liste d'attente, m'explique-t-il. Étant son oncle, en bonne santé, les médecins m'ont autorisé à être son donneur.

— Je suis désolée, je ne savais pas…

— Ce n'est pas grave, Audrey. Je ne m'en vante pas, parce que je ne veux pas que l'on me considère comme un héros. Je l'ai fait pour lui, pour notre famille. Les voir souffrir me brisait, il était inimaginable de continuer ainsi alors que je pouvais apporter la solution.

Je peine à réfléchir, la première chose qui me passe par

la tête est un détail insignifiant :

— Je n'ai jamais vu de cicatrice. Sur toi, je veux dire.

Il sourit alors que, moi, je rougis. Max se lève et remonte son tee-shirt. Il me montre de petites incisions sur la paroi abdominale.

— Le chirurgien me l'a fait par cœlioscopie, ça réduit les douleurs postopératoires et évite une incision.

Cette fois-ci, je suis submergée par l'émotion. Je m'avance vers lui, pose les doigts sur ses abdos, tout en laissant les larmes couler le long de mes joues.

— Oh, Max…

Il s'assoit de nouveau, prend mon visage entre ses mains en collant nos fronts puis chuchote :

— J'ai compris que ma place n'est plus là-bas, finalement. C'était une excuse bidon, tout comme le fait que mon ex m'a largué pour mon meilleur ami de l'époque.

Je ferme les yeux et acquiesce. Inès m'a raconté cette histoire.

— Je n'ai plus à avoir peur, je dois vivre ma vie et je veux le faire avec toi.

Je suis envahie par des sentiments contradictoires. Je me sens si égoïste, insensible et sotte, mais également admirative et touchée. Je n'imaginais pas un lien aussi fort avec ses proches. Maximilian Johan vient de me prouver qu'il est un homme généreux, dévoué, prêt à tout pour ceux qu'il aime. Il est rentré en Suède, car il pensait que c'était son devoir. Lorsque j'ouvre les paupières, je réalise que je ne suis pas la seule à pleurer en silence. Je caresse son visage, nos nez se frôlent et… je l'embrasse. Unissant nos larmes, notre amitié, notre passion… notre amour. Entre deux baisers, je susurre ma réponse :

— Je t'aime.

Maximilian se redresse, ses yeux bleu glacier plongent dans les miens. Il sourit, entre deux soupirs, et me serre contre lui.

— Audrey…, murmure-t-il. Je suis désolé de ne t'avoir rien dit avant.

Je fais non de la tête, puis le rassure :

— Tu n'avais pas à le faire. Tu m'as prévenue dès le début que tu partirais. Tout va bien.

Je caresse son visage et l'embrasse tendrement. Mais Maximilian Johan m'a énormément manqué. Je n'avais jamais ressenti ce vide, cette nostalgie. Je n'avais jamais pensé à quelqu'un constamment, je n'avais jamais rêvé autant d'une personne. Alors, au moment où mon beau Suédois passe les mains sous mon tee-shirt, je le chevauche. Il m'enlève mon haut, s'accroche à mes hanches et je succombe à notre passion, à notre désir. Je cède tout simplement à notre attirance qui se révèle bien plus forte que ce que nous imaginions : cette attirance n'est autre que de l'amour. Celui que nous ne rencontrons probablement qu'une fois dans une vie.

* * *

— Et maintenant ? me demande Max en remontant la couette jusqu'à mon épaule.

Il s'allonge à mes côtés et dépose un baiser sur ma main.

— Maintenant, on sait très bien que l'on ne peut pas vivre l'un sans l'autre. Je ne te laisserai plus t'enfuir !

— Je n'ai pas l'intention de te laisser vagabonder sur le marché des célibataires non plus, sourit-il avant de m'embrasser tendrement.

Inès et Gabriel nous ont conviés à déjeuner chez eux aujourd'hui. Nous décidons de ne rien dire. Nous ne voulons pas leur voler la vedette, aussi, nous nous y rendons comme la veille : comme deux amis qui se respectent et qui n'ont pas dormi ensemble. Nous passons ainsi le dimanche avec les proches des jeunes mariés dans une ambiance toujours aussi festive.

Le lundi matin, nous savons que leurs proches sont rentrés, c'est pourquoi nous nous rendons à l'atelier ensemble. Le couple est dans la salle de pause et boit tranquillement un café.

— Alors, les mariés ! s'exclame Max à notre arrivée.

Gabriel et Inès sourient et nous saluent.

— Salut, vous deux.

— Bien remis du mariage ?

— Fatigués, mais c'était chouette.

— C'était magnifique, Inès, souligné-je.

— Pas de lune de miel prévue ?

— Si ! se réjouit la mariée. En février, après le chaos des fêtes de fin d'année. On part aux Maldives !

Maximilian siffle et je me retiens de rire. S'il savait à quel point Inès s'est battue pour que Gabriel cède à ce voyage. Nous discutons un moment, puis mon boss prend un air sérieux avant de s'adresser à Max :

— Tu as réfléchi à ma proposition ?

Son ami se pince les lèvres en souriant et se frotte les mains. Puis, le Suédois me regarde, m'attire contre lui en m'attrapant par les hanches et m'embrasse. Inès et Gabriel poussent des cris de surprise et j'éclate de rire.

— QUOI ?

— JE RÊVE ! C'EST UNE BLAGUE ?

— Non, tu ne rêves pas, sourit Maximilian. J'ai pris ma décision : je veux bien reprendre mon poste. Définitivement.

Gabriel explose de joie. Il prend son ami dans ses bras. Inès sautille dans tous les sens en hurlant :

— Alléluia ! Ce n'est pas trop tôt ! L'équipe de choc est de retour !

C'est ainsi que nos amis accueillent la bonne nouvelle : Maximilian Johan revient définitivement dans nos vies. Gabriel est soulagé et si heureux… Il se cache le visage entre les mains pour retenir ses larmes, non pas parce qu'il est sensible, mais parce qu'il est exténué… Il a besoin de son bras droit, de son ami, de son confident. Il a besoin de nous trois dans son équipe pour que tout fonctionne à la perfection. Tout comme moi : Max est tout ce qui me manquait pour compléter ce vide que je ressentais. Ce revirement de situation n'était pas prévu, mais il est, sans aucun doute, la meilleure chose qui nous soit arrivée.

Épilogue

— Arrête de tourner en rond ! se moque Maximilian dans la cuisine. Et ne te ronge pas les ongles, c'est mauvais pour la santé.

Je soupire et tente tant bien que mal de me calmer. Nous venons d'arriver en Suède, je rencontre sa famille dans moins d'une heure.

— Tu crois que je devrais me changer ?

Max se retient de rire, il s'avance vers moi afin de me serrer dans ses bras.

— Tu es ravissante naturellement, Audrey. Arrête de stresser.

Je prends une profonde inspiration afin d'essayer de contrôler mon angoisse. L'appartement de Max est situé à Gamla Stan, sur l'île de Stadsholmen, la vieille ville historique de Stockholm. Je viens de tomber sous le charme de ce superbe entrelacs de rues et de ruelles pavées, d'immeubles aux tons pastel et ocre, qui débouchent sur de magnifiques places. Le quartier est un joyeux mélange de cafés, restaurants, boutiques de souvenirs, ateliers, galeries et musées. Tout est différent de ce que j'ai pu voir à ce jour. Je me détache de Maximilian et m'avance vers la fenêtre du salon qui donne sur une église et une baie à couper le souffle.

— Ils vont nous poser beaucoup de questions

auxquelles nous ne saurons pas répondre.

Mon amant se place derrière moi cette fois-ci, niche la tête sur mon épaule.

— Comme quoi par exemple ?

— Où allons-nous vivre ?

— Je rentre en France avec toi, je pensais avoir été clair.

— Oui, mais que vas-tu faire de cet appartement ?

— On peut le garder, ce sera notre pied à terre lors de nos visites en Suède.

Max me retourne ensuite, face à lui, et fronce les sourcils :

— Audrey, est-ce que tu doutes de notre relation ? De mes intentions ?

Je soupire et hausse les épaules.

— Non, je… je ne sais pas où on va finalement. Tu es très fusionnel avec tes proches, ils risquent de nous…

— Attends, m'interrompt-il. On n'en a pas encore discuté, c'est vrai, mais il est évident que je n'abandonnerai pas ma famille. J'ai l'intention de revenir ici de temps en temps, ne serait-ce que pour un week-end prolongé par exemple ou une petite semaine de vacances. Mais j'espère sincèrement que tu m'accompagneras. On est ensemble et la Suède est mon pays. Je ne doute pas une seule seconde de ta compréhension. Je me trompe ?

— Bien sûr que je comprends, je veux que tu restes en contact avec eux et tu viendras quand tu le souhaites.

— « On » viendra, Audrey. « On ».

Je souris puis grimace en lui expliquant ce qui m'inquiète réellement :

— Mais imagine s'ils ne m'aiment pas ? Que cette idée que tu vives en France les rend…

— Arrête ! s'impatiente-t-il. Ce sont eux qui m'ont ouvert les yeux, Audrey. Il est temps pour moi de vivre ma vie, et ils vont t'adorer. Fais-moi confiance.

Je soupire une énième fois en espérant qu'il ait raison.

***

— *Välkommen.*

Nous venons d'arriver chez les parents de Max. Je suis accueillie par une femme de petite taille, mais au même regard bleu glacier que mon amant.

— Audrey, voici ma mère. *Välkommen* veut dire « bienvenue ».

Je fais un signe de tête discret pour la remercier et m'écarte pour qu'elle prenne son fils dans ses bras. Un homme d'une soixantaine d'années au physique de Viking scandinave fait son apparition.

— Et voici mon père.

Je souris en guise de salutation et il me fait signe d'avancer. Lorsque je rentre dans le salon, une dizaine de personnes gentiment alignées nous attend, tout sourire. Maximilian soupire, mi-gêné, mi-amusé.

— OK… Donc là, tu as mes trois sœurs avec mes beaux-frères et mes neveux et nièces.

— Bonjour ! s'exclament en français les plus jeunes fièrement.

Les adultes rient et me saluent également. Je fais ainsi la connaissance de toute cette tribu suédoise. La barrière de la langue n'est pas simple, mais avec des gestes et d'innombrables regards remplis de bienveillance, je suis reçue comme une reine au sein de cette magnifique famille. Les sœurs de Maximilian parlent un peu anglais, ce qui facilite nos échanges. Je comprends que ses proches le taquinent et le mettent mal à l'aise par rapport à moi, ce qui me fait rire. Max est très affectueux, il me tient souvent la main, la jambe, m'embrasse de temps en temps sur la joue et je suis surprise qu'il soit si sans-gêne devant eux. Il se montre éperdument amoureux et je rougis dès qu'il pose le regard sur moi. Son attitude est digne d'un prince charmant. Jamais je n'aurais pu imaginer il y a un an que, lui et moi, nous serions assis autour d'une table, chez ses parents, en tant que couple. Mon beau-Suédois-collègue-voisin-coup-d'un-soir. La vie est si imprévisible, mais je ne me suis jamais sentie aussi comblée.

Notre court séjour en Suède est également ponctué de balades en amoureux, malgré le froid en cette période hivernale, de quelques visites et de découvertes culinaires. J'assiste même à la relève de la garde devant le Palais royal et déjeune avec Max chez Den Gyldene Freden, le plus ancien restaurant de Stockholm. Nous passons bien évidemment du temps avec ses proches qui m'accueillent toujours avec le sourire et une tendresse touchante. Je n'ai jamais connu cette ambiance avec mes parents et des échanges si… affectueux. Je découvre ce qu'est réellement une famille soudée. Lorsque nous devons les quitter, la veille de notre retour en France, je ne retiens pas quelques larmes. Sa mère me prend dans ses bras et Maximilian m'explique qu'ils ont adoré me rencontrer, qu'ils me remercient de le rendre heureux.

— Dis-leur que c'est moi qui les remercie de m'accueillir comme un membre de leur famille. Et que je t'aime sincèrement.

Max sourit en traduisant ma demande. Ses sœurs se moquent gentiment de nous. Nous leur promettons de revenir prochainement et les rassurons en annonçant que nous gardons l'appartement de Max. De retour à La Rosière, après un vol Stockholm-Lyon puis un trajet en train jusqu'à Bourg-Saint-Maurice, nous rentrons dans mon logement. J'enlève ma veste et m'exclame :

— De retour à la maison. De retour chez nous.

Maximilian me prend par la taille et sourit.

— Chez nous, répète-t-il en gonflant le torse. Je t'aime, *snygga.*

Je l'embrasse tendrement, apaisée par cette nouvelle vie qui commence. À deux. Maximilian Johan et moi. Entre la France et la Suède. Stockholm et La Rosière. Pour toujours.

L'auteur

Magali Santos est franco-portugaise et vit dans le Loir-et-Cher avec son mari, ses deux enfants et leur husky sibérien. Elle a un MBA en Tourisme et Management International. Grande lectrice et accro au café, elle puise son inspiration dans tout ce qui l'entoure.

Fascinée par les romans, l'écriture est rapidement devenue sa passion. Ainsi, dès son plus jeune âge, elle griffonne des histoires sur des bouts de feuille et des vieux cahiers. Puis, en 2014, elle décide de créer un blog, où elle postera des fanfictions. Face au succès grandissant de ses histoires, l'auteur a depuis janvier 2020 publié plusieurs romans, dans lesquels l'amour se fraie toujours un chemin.

Vous avez aimé *Flocons de chocolat* et vous souhaitez connaître l'histoire d'Inès et de Gabriel ? Retrouvez-les dans *Tempête et Sucre d'orge*, une romance de Noël aussi gourmande qu'un chocolat chaud, à consommer sans modération, à n'importe quelle période de l'année !

TEMPÊTE ET SUCRE D'ORGE

Pour cette fin d'année, Inès avait tout prévu : partir rejoindre sa famille en Espagne. C'était sans compter sur son insupportable manager qui décide de lui annuler ses congés la veille de son départ ! Elle se retrouve donc seule, à Paris. Heureusement, sa meilleure amie réussit à la convaincre de passer le week-end de Noël en Savoie ! Vous voulez connaître la meilleure recette pour un Noël cocooning au coin du feu ?

— Un chalet dans les montagnes

— De la neige, beaucoup de neige !

— Des tonnes de décorations

— Des litres de chocolat chaud

— Une famille très traditionnelle

— Un pâtissier musclé et très charmant

Mais qui dit montagne, dit tempête… Gros flocons, gros ennuis ! Le retour d'Inès à Paris ne s'annonce pas comme prévu. Est-ce le sort qui s'acharne sur la jeune femme ou est-ce la magie de Noël qui a finalement opéré ? Voici un roman digne des téléfilms de fin d'année, avec une douce histoire d'amour guidée par le bonheur des retrouvailles pendant la saison la plus romantique de l'année.

Si l'histoire vous a plu, pensez à laisser un commentaire en ligne !

(Pour ce faire, rendez-vous sur Amazon ou le site de votre choix : la Fnac, Babelio, Booknode, Livraddict, Goodreads, etc...).

Pourquoi ?

L'auteur souhaite vivre de sa plume et ce geste de soutien l'aidera à faire connaître le roman. Merci, et à très vite !

www.ingramcontent.com/pod-product-compliance
Lightning Source LLC
LaVergne TN
LVHW041025150826
845672LV00001B/205

* 9 7 8 2 4 9 2 6 5 9 5 6 0 *